新日本語能力試驗予想問題集：N5一試合格
解 析 本

賴美麗、小高裕次、方斐麗、李姵蓉　編著

全華圖書股份有限公司

目次

第一回   **解答** 3

       言語知識（文字・語彙） 4

       言語知識（文法）・読解 7

       聴解 12

第二回   **解答** 23

       言語知識（文字・語彙） 24

       言語知識（文法）・読解 27

       聴解 32

第三回   **解答** 41

       言語知識（文字・語彙） 42

       言語知識（文法）・読解 45

       聴解 50

第四回   **解答** 61

       言語知識（文字・語彙） 62

       言語知識（文法）・読解 65

       聴解 71

第五回   **解答** 81

       言語知識（文字・語彙） 82

       言語知識（文法）・読解 85

       聴解 90

第六回   **解答** 99

       言語知識（文字・語彙） 100

       言語知識（文法）・読解 103

       聴解 108

第1回

言語知識（文字・語彙）／35問

もんだい1

1	2	3	4	5	6	7	8	9	10	11	12
3	4	2	2	3	2	1	1	3	2	3	2

もんだい2

13	14	15	16	17	18	19	20
2	3	2	2	3	2	2	1

もんだい3

21	22	23	24	25	26	27	28	29	30
2	3	3	4	2	2	3	4	1	2

もんだい4

31	32	33	34	35
2	3	2	2	1

言語知識（文法）・読解／32問

もんだい1

1	2	3	4	5	6	7	8	9	10	11	12	13	14	15	16
3	2	1	1	3	2	2	1	3	2	1	2	3	1	2	3

もんだい2

17	18	19	20	21
3	1	1	1	4

もんだい3

22	23	24	25	26
4	2	4	1	1

もんだい4

27	28	29
3	3	4

もんだい5

30	31
2	3

もんだい6

32
2

聴解／24問

もんだい1

1	2	3	4	5	6	7
4	1	3	3	4	2	1

もんだい2

1	2	3	4	5	6
4	4	1	4	3	4

もんだい3

1	2	3	4	5
1	2	3	2	1

もんだい4

1	2	3	4	5	6
1	2	3	2	2	1

言語知識（文字・語彙）

もんだい 1

1 3 あの<ruby>男<rt>おとこ</rt></ruby>のひとはだれですか。

那個男人是誰？

2 4 あのひとはにほんごの<ruby>先生<rt>せんせい</rt></ruby>です。

那個人是日文老師。

3 2 バナナを<ruby>三本<rt>さんぼん</rt></ruby>ください。

請給我三條香蕉。

4 2 わたしは<ruby>木<rt>もく</rt></ruby>ようびにともだちととしょかんへいきます。

我星期四要和朋友去圖書館。

5 3 デパートはよる<ruby>九時<rt>くじ</rt></ruby>までです。

百貨公司營業到晚上九點。

6 2 あまりお<ruby>金<rt>かね</rt></ruby>がありません。

不太有錢。

7 1 まいにちスーパーでくだものを<ruby>買<rt>か</rt></ruby>っています。

每天在超市買水果。

8 1 このみせは<ruby>安<rt>やす</rt></ruby>いです。

這家店便宜。

9 3 へやでほんを<ruby>読<rt>よ</rt></ruby>みます。

在房間看書。

10 2 わたしのかばんは<ruby>古<rt>ふる</rt></ruby>いです。

我的皮包是舊的。

11 3 うちはここから<ruby>近<rt>ちか</rt></ruby>いです。

家離這裡很近。

12 2 これは<ruby>新<rt>あたら</rt></ruby>しいじしょです。

這是新的字典。

もんだい 2

13 2 きょうはろくがつ<ruby>二十日<rt>はつか</rt></ruby>です。

今天是六月二十日。

14 3 これはわたしの<u>ノート</u>です。

這是我的筆記本。

15 2 いえから<ruby>学校<rt>がっこう</rt></ruby>までとおいです。

從家裡到學校很遠。

16 3 へやの<ruby>外<rt>そと</rt></ruby>にごみばこがあります。

房間的外面有垃圾筒。

17 2 じしょはつくえの<ruby>上<rt>うえ</rt></ruby>です。

字典在桌上。

18 3 この<u>コンピューター</u>はわたしのです。

這台電腦是我的。

19　2　あの山はきれいですね。
那座山很漂亮。

20　1　父はここにいません。
父親不在這裡。

もんだい3

21　2　請把名字寫在這裡。
　　1　叫
　　2　寫
　　3　看
　　4　聽

22　3　暑假要回國。
　　1　去
　　2　來
　　3　回去
　　4　經過

23　3　因為很熱，所以脫下大衣。
　　1　穿
　　2　披上
　　3　脫
　　4　穿（鞋子、襪子、裙子、褲子等下半身衣物）

24　4　這裡不能吸菸。
　　1　吃
　　2　喝
　　3　放入
　　4　吸

25　2　妹妹出門了。
　　1　回去（～へ　帰りました）
　　2　出去、離開（～を　出ました）
　　3　往某處去（～へ　行きました）
　　4　來（～へ　来ました）

26　2　玻璃杯破了，所以要買新的玻璃杯。
　　1　關閉了
　　2　破掉了
　　3　消失了
　　4　掉落了

27　3　這裡危險，請不要在這裡游泳。
　　1　高的
　　2　稀有的
　　3　危險的
　　4　涼快的

28　4　（我）把錢包遺忘在餐廳，要去拿回來。
　　1　圖書館
　　2　廁所
　　3　教室
　　4　餐廳

29　1　不好意思，請給我兩張票。
　　1　兩張
　　2　兩位
　　3　兩個
　　4　兩台

30　2　因為感冒了，所以必須吃藥。
　　1　吃
　　2　喝（日文「吃藥」的動詞為「飲む」）
　　3　作
　　4　支付

言語知識（文字・語彙）

言語知識（文法）・讀解

聽解

5

もんだい4

31 **2** 昨晚和朋友看電影。
  1 今天早上和朋友看電影。
  2 昨天晚上和朋友看電影。
  3 前天晚上和朋友看電影。
  4 昨天早上和朋友看電影。

32 **3** 這裡只有女性能進入。
  1 這裡女性不能進入。
  2 這裡只有女性不能進入。
  3 這裡只有女性能進入。
  4 這裡只有男性能進入。

33 **2** 到東京時買了皮包。
  1 去東京以前買了皮包。
  2 到了東京後買了皮包。
  3 到東京前的這段時間買了皮包。
  4 去東京以前買了皮包。

34 **2** 一直在下雨。
  1 雨已經停了。
  2 雨還持續地下著。
  3 接下來會下雨。
  4 總是不下雨。

35 **1** 父親在銀行上班。
  1 父親在銀行上班。
  2 父親人在銀行。
  3 父親進去銀行。
  4 父親辭去銀行的工作。

言語知識（文法）・読解

もんだい1

1 3 我今天要和朋友見面。
1 （無此接續用法）
2 （無此接續用法）
3 「に」表示見面的對象。
4 （無此接續用法）

2 2 我在百貨公司什麼都沒買。
1 因為前面為疑問詞，後面是否定的句子，所以無法接續此助詞。
2 「何も～ません」是「什麼都沒…」的意思。
3 因為前面為疑問詞，後面是否定的句子，所以無法接續此助詞。
4 因為前面為疑問詞，後面是否定的句子，所以無法接續此助詞。

3 1 林同學昨天從十二點開始讀書。
1 「時間＋から」表示時間的起點。
2 （無此接續用法）
3 （無此接續用法）
4 （無此接續用法）

4 1 我昨天晚上和林同學吃飯。
1 「と」表示一起做某件事情的同伴。
2 （無此接續用法）
3 （無此接續用法）
4 （無此接續用法）

5 3 哪一個是你的皮包？
1 （無此接續用法）
2 （無此接續用法）
3 詢問是哪一個用「どれ＋が」
4 （無此接續用法）

6 2 我今天早上吃了麵包和香蕉。
1 （無此接續用法）
2 「AとB」表示A和B。
3 （無此接續用法）
4 （無此接續用法）

7 1 課程從幾號開始？
1 「から」表示開始的時間。
2 「まで」表示結束的時間。
3 （無此接續用法）
4 （無此接續用法）

8 3 字典在哪裡？
1 （無此接續用法）
2 （無此接續用法）
3 「に」表示存在的位置。
4 （無此接續用法）

9 2 瑪莉的房間比我的房間寬。
1 （無此接續用法）
2 「より」表示比較的對象。
3 （無此接續用法）
4 （無此接續用法）

言語知識（文字・語彙）

言語知識（文法）・讀解

聽解

10 **1** 這裡一年當中 8 月最熱。

1　「で」表示限定的時間範圍。

2　（無此接續用法）

3　（無此接續用法）

4　（無此接續用法）

11 **2** 我每天將房間打掃的很乾淨。

1　（無此接續用法）

2　「きれい＋に＋掃除します」
表示打掃的很乾淨。

3　（無此接續用法）

4　（無此接續用法）

12 **3** 因為開了空調，所以變涼快了。

1　（無此接續用法）

2　（無此接續用法）

3　「涼しい＋く」表示變化的結果。

4　（無此接續用法）

13 **1** 我昨天回家時，在超市買了果汁。

1　「帰る＋とき」指要回家的時候，尚未回到家。

2　（無此接續用法）

3　「帰った＋とき」指回到家的時候。

4　（無此接續用法）

14 **2** 我想吃冰淇淋。

1　（無此接續用法）

2　「食べます＋たい」表示想吃。

3　（無此接續用法）

4　（無此接續用法）

15 **2** 約翰還不會寫漢字。

1　（無此接續用法）

2　「書く＋こと＋ができます」
表示書寫的能力。

3　（無此接續用法）

4　（無此接續用法）

16 **3** 做作業之前看電視。

1　（無此接續用法）

2　（無此接續用法）

3　「する＋前に」表示做～事之前。

4　（無此接續用法）

もんだい2

17 **3** わたしは　けさ　2　ごはんを
4　食べないで　3　学校へ
1　行きました。

我今天早上沒有吃早餐就去學校。

 解析

・〜Vないで＋〜V（不做～事的
狀態下做～事）

18 **1** わたしは　2　ふじさんに
4　のぼった　1　ことが
3　ありません。

我不曾爬過富士山。

 解析

・〜Vた＋ことがありません（表
示沒有做～的經驗）

19 1 　中国と　 3 　ロシアと　 1 　

どちらの　 4 　ほうが　 2 　

ひろい　 です か。

中國和俄羅斯哪一個國家比較大？

解析

・ＡとＢと　どちらのほうが～（Ａ

和Ｂ哪一個比較～）

20 1 　わたしが　 3 　きのう　 1 　

買った　 4 　本は　 2 　

どこに　 あります か。

我昨天買的書在哪裡？

解析

・～Ｖ＋Ｎ（動詞修飾名詞）

21 4 　わたしの　 3 　しゅみは　 2 　

きってを　 4 　あつめる　 1 　

こと　 です。

我的興趣是集郵。

解析

・趣味は　～Ｖ＋こと　です（表

示興趣是做～事情）

もんだい３

22 4

1 　～Ｖた＋から（因為～）

2 　～Ｖた＋から（因為～）

3 　～Ｖて＋から（表示～之後），

始めてから（開始之後）

4 　～Ｖて＋から（表示～之後），

終わってから（結束之後）

23 2

1 　（無此用法）

2 　買った（已經買好的蛋糕）

3 　（無此接續用法）

4 　（無此接續用法）

24 4

1 　（無此接續用法）

2 　（無此接續用法）

3 　（無此接續用法）

4 　～Ｖ＋ながら＋～Ｖ（一

邊做～，一邊做～）

25 1

1 　むずかしくなかったから（因

為不太難）

2 　むずかしくなったから（因為

變難了）

3 　むずかしくなくても（即使不

難）

4 　むずかしくない（不難）

26 1

1 　～Ｖたり、～Ｖたりする（表

示動作的舉例）

2 　（無此接續用法）

3 　（無此接續用法）

4 　（無此接續用法）

言語知識（文字・語彙）

言語知識（文法）・讀解

聽解

9

もんだい4

（1）

27　**3**　卡通

題目中譯　Madoka 和 Homura 看了什麼？

 解析

- えはきれいだしおんがくもよかったけど。（圖很漂亮音樂也很棒。）
- 主人公のこえがわたしのイメージとちがいました。（主角的聲音和我印象中的不一樣。）
- マンガ（漫畫）
- アニメ（卡通）
- ドラマ（電視劇）

（2）

28　**3**　米和蛋

題目中譯　母親寄了什麼東西？

 解析

- べんきょうがんばってますか。（有努力讀書嗎？）
- たまごは山田さんにもらったものです。（蛋是山田先生給的。）
- おじいさんがつぎからやさいをつくります。トマトとキュウリです。（爺爺接下來要種菜，有番茄和小黃瓜。）
- こんどおくりますね。（下次再寄給你。）

（3）

29　**4**　9 顆

題目中譯　大學生秋山一天要吃幾顆藥？

 解析

- 食事の後に飲んでください。（請於飯後服用。）
- 1回に1つ。（1次1顆。）
- 薬を飲んだら、車の運転はしないでください。（服用藥後，請勿開車。）

もんだい5

30　**2**　日本山梨縣

題目中譯　世界排名第二的老企業在哪裡？

31　**3**　日本

題目中譯　老企業最多的國家是哪裡？

大意

　　世界歷史最悠久的公司位於日本大阪，叫金剛組。金剛組於 1400 年前開始營運，是一家招募興建寺廟、神社等專業技術人員的公司。其次是 1300 年前成立，位於山梨縣的慶雲閣旅館。日本還有許多其他的古老企業，歷史超過 200 年的企業有 3100 家，第二名是德國，有 800 家，第三名是荷蘭，有 200 家。日本的古老企業之多由此可知。

解析
- 世界でいちばん古いかいしゃが
どこにあるか知っていますか。
（你知道世界上最古老的公司在
哪裡嗎？）
- 金剛組というかいしゃです。
（名叫金剛組的公司。）
- 金剛組はお寺や神社をつくると
き専門の技術者を集めるしごと
をしています。（金剛組從事的
是招募興建寺廟、神社等專業技
術人員的工作。）
- ほかにも日本には古いかいしゃ
がたくさんあります。（其他在
日本還有許多歷史悠久的企業。）
- 日本に古いかいしゃがとても多
いことがわかりますね。（可得
知在日本有許多歷史悠久的企
業。）

もんだい6

32 **2** 11 點 03 分

題目中譯 波特先生想從東京到新大阪，現
在是 7 點 50 分，最快抵達新大阪的車次是幾
點幾分？

解析
- ジャパン・レール・パス使用の
決まり（日本鐵路周遊券使用規
則）
- 観光で日本に来た外国人だけが
つかうことができます。（只有
到日本觀光的外國人可以使用。）
- JR のすべての列車にのること
ができますが、新幹線「のぞみ
号」、「みずほ号」にのること
はできません。（可搭乘 JR 公司
的所有列車，但是不能搭乘新幹
線「希望號」、「瑞穂號」。）

言語知識（文字・語彙）

言語知識（文法）・讀解

聽解

聴解

もんだい1

1ばん——4　　 MP3 1-1

_{けいかん}警官と_{おんな}女の_{ひと}人の_{かいわ}会話です。_{きょう}今日は_{なんにち}何日ですか。

男：_{あきやま}秋山さんですね。_{けいさつ}警察です。ちょっとお_{はなし}話をうかがいたいのですが。

女：_{なん}何でしょうか。

男：おとといの_{よる}夜、どこで_{なに}何をしていましたか。

女：おとといの…。15_{にち}日ですね。_{よる}夜はずっと_{いえ}家にいました。

_{きょう}今日は_{なんにち}何日ですか。

解析

- ・ちょっとお話をうかがいたいのですが。（有些事想問你。）

- ・夜はずっと家にいました。（晚上都一直待在家。）

2ばん——1　　 MP3 1-2

_{おとこ ひと おんな ひと かいわ}男の人と女の人の会話です。これから_{なに}何を_た食べますか。

女：みんなで_{ばん}晩ご_{はん}飯を_た食べに_い行きましょうよ。

男：_{こう}黄さんは_{ぎゅうにく}牛肉が_た食べられないし、ムハンマドさんは_{ぶた}豚がだめなんですよね。

女：_{わたし}私は、_{さかな}魚がちょっと…。

男：じゃあ、みんなが食べられるものは…。

これから_{なに}何を_た食べますか

解析

- ・黄さんは牛肉が食べられないし、ムハンマドさんは豚がだめなんですよね。（黃先生不能吃牛肉・穆汗默德先生豬肉不行。）

- ・私は、魚がちょっと…。（魚我不能（吃）…。）

3ばん——3　　　MP3 1-3

<ruby>女<rt>おんな</rt></ruby>の<ruby>人<rt>ひと</rt></ruby>がカメラを<ruby>探<rt>さが</rt></ruby>しています。カメラはどこにありましたか。

女：<ruby>私<rt>わたし</rt></ruby>のカメラ、どこに<ruby>置<rt>お</rt></ruby>いたの？

男：<ruby>上<rt>うえ</rt></ruby>から<ruby>二番目<rt>にばんめ</rt></ruby>の<ruby>棚<rt>たな</rt></ruby>に<ruby>置<rt>お</rt></ruby>いたと<ruby>思<rt>おも</rt></ruby>うよ。

女：あれ？ないよ。

男：<ruby>上<rt>うえ</rt></ruby>から<ruby>二番目<rt>にばんめ</rt></ruby>だよ。

女：あ、あった！<ruby>下<rt>した</rt></ruby>から<ruby>二番目<rt>にばんめ</rt></ruby>じゃない。

カメラはどこにありましたか。

 解析

- どこに置いたの？（放在哪？）

- 上から二番目の棚に置いたと思うよ。（我想是放在上面第二層。）

- あ、あった！下から二番目じゃない。（「啊！找到了！不是在下面第二層嗎？」這裡的「じゃない」不是否定的意思，而是「是這樣、不是嗎？」的意思。）

4ばん——3　　　MP3 1-4

<ruby>男<rt>おとこ</rt></ruby>の<ruby>人<rt>ひと</rt></ruby>と<ruby>女<rt>おんな</rt></ruby>の<ruby>人<rt>ひと</rt></ruby>の<ruby>会話<rt>かいわ</rt></ruby>です。<ruby>二人<rt>ふたり</rt></ruby>はいつ<ruby>会<rt>あ</rt></ruby>いますか。

男：<ruby>猫<rt>ねこ</rt></ruby>がたくさんいる<ruby>喫茶店<rt>きっさてん</rt></ruby>があるんですけど、いっしょに<ruby>行<rt>い</rt></ruby>きませんか。

女：<ruby>猫<rt>ねこ</rt></ruby>ですか。いいですね。

男：<ruby>今度<rt>こんど</rt></ruby>の<ruby>土曜日<rt>どようび</rt></ruby>、8<ruby>日<rt>か</rt></ruby>は<ruby>空<rt>あ</rt></ruby>いてますか。

女：はい。<ruby>空<rt>あ</rt></ruby>いてます。

男：じゃあ、1<ruby>時<rt>じ</rt></ruby>に<ruby>駅前<rt>えきまえ</rt></ruby>で<ruby>会<rt>あ</rt></ruby>いましょう。

女：はい。<ruby>楽<rt>たの</rt></ruby>しみです。

<ruby>二人<rt>ふたり</rt></ruby>はいつ<ruby>会<rt>あ</rt></ruby>いますか。

解析

- 今度の土曜日、8日は空いてますか。（下個星期六8號有空嗎？）

- 空いてます。（有空。）

- 楽しみです。（好期待。）

5 ばん——4

🎧 MP3 1-5

旅行について話をしています。2番目に行くのはどこですか。

女：観光する順番を説明しますね。まず、大阪に行きます。その次が京都。最後が広島です。

男：あれ、奈良にも行くんですよね。

女：すいません。忘れてました。奈良は、京都の前に行きます。

2番目に行くのはどこですか。

 解析

- 観光する順番を説明しますね。
  （我來說明觀光行程的順序。）

- その次が京都。最後が広島です。（接下來是到京都，最後到廣島。）

- 奈良は、京都の前に行きます。
  （奈良是在京都之前去。）

6 ばん——2

🎧 MP3 1-6

地図を見ながら話しています。正しい地図はどれですか。

女：この地図だと、島根県は岡山県の上ですよね。

男：ちがいますよ。それは鳥取県です。島根県は鳥取県の左側です。

女：ああ、そうですか。

正しい地図はどれですか。

 解析

- この地図だと、島根県は岡山県の上ですよね。（照這張地圖來看，島根縣是在岡山縣的上方。）

- 島根県は鳥取県の左側です。
  （島根縣是在鳥取縣的左側。）

7 ばん——1　　🎧 MP3 1-7

おんな ひと おとこ ひと はなし おんな
女の人と男の人が話をしています。女の
ひと なに か
人は何を借りましたか。

女：これ、ありがとうございました。
　　おもしろ
　　面白かったです。
　　　　おもしろ
男：面白かったですか。じゃあこれと
　　　　　　　さつ
　　これの2冊はどうですか。
　　　さつ か
女：2冊も借りていいんですか。あり
　　がとうございます。
男：どういたしまして。

おんな ひと なに か
女の人は何を借りましたか。

解析

・これとこれの2冊はどうです
　か。（這個跟這個兩本你覺得如
　何？）

・2冊も借りていいんですか。（借
　兩本（這麼多）可以嗎？）

もんだい2

1 ばん——4　　🎧 MP3 1-8

おとこ ひと おんな ひと はな
男の人と女の人が話しています。男の人
なに さが
は何を探していますか。

　　　　　　もの さが おと
男：あれ？（物を探す音）
女：どうしたんですか。
　　　　　　　　　　　　おも
男：かばんに入れたと思うんですけ
　　ど、ないんですよ。
　　　　　　こま　　　　いえ はい
　　なくしたら、困ります。家に入
　　れないんです。
　　　　　　　お
女：どこかに落としたんでしょう。
　しょくどう　　　しょくどう い
男：食堂かなあ。食堂へ行って、
　　さが
　　探してきます。

おとこ ひと なに さが
男の人は何を探していますか。

解析

・なくしたら、困ります。（如果
　遺失了會很傷腦筋。）

・どこかに落としたんでしょう。
　（大概是掉在某個地方吧。）

言語知識（文字・語彙）

言語知識（文法）・讀解

聽解

15

2ばん——4

MP3 1-9

女の人は買い物をしています。女の人はいくら払いますか。

男：いらっしゃいませ。

女：すみません。こちらのイタリアのワインはいくらですか。

男：2500円です。

女：そちらのフランスのは？

男：3000円です。

女：じゃあ、フランスのを2本ください。

男：はい、かしこまりました。

女の人はいくら払いますか。

解析

・いらっしゃいませ。（歡迎光臨。）

・そちらのフランスのは？（那邊的法國〔葡萄酒〕呢？）

3ばん——1

MP3 1-10

男の人と女の人が話しています。女の人は今どこにいますか。

男：奥様、いかがですか。甘くておいしいですよ。

女：いくらですか。

男：3つで500円、お買い得ですよ。

女：じゃ、3つください。

男：はい、ありがとうございます。

女の人は今どこにいますか。

解析

・お買い得ですよ。（很划算。）

4ばん——4

MP3 1-11

女の人は部屋を探しています。女の人はどの部屋を借りますか。

男：お客様、この部屋はいかがですか。部屋も台所も広いし、駅まで5分で行けますから、便利ですよ。家賃は8万円。

女：ちょっと高いですね。もう少し安いのはありませんか。

男：じゃ、こちらはいかがですか。駅までは遠いですが、家賃はそちらより2万円安いですよ。

女：そうですね。駅まで遠いですが、部屋も広いし、家賃も安いですね。じゃあ、こちらの部屋、お願いします。

女の人はどの部屋を借りますか。

解析

・お客様、この部屋はいかがですか。（客人，這個房間如何呢？）

・家賃はそちらより2万円安いですよ。（租金比那一個便宜2萬日圓。）

・駅まで遠いですが、部屋も広いし、家賃も安いですね。（雖然離車站很遠，但房間寬，租金也便宜。）

5ばん——3　　MP3 1-12

女の人は男の人と話しています。男の人はどこでけがをしましたか。

女：田中さん、どうしたんですか。

男：きのう道を渡るとき、向こうから走ってきた自転車とぶつかってしまって。手も足もけがをしてしまって…。

女：へえ。

男：治るまで1か月かかるってお医者さんが言ってました。

女：そうですか。大変ですね。

男の人はどこでけがをしましたか。

解析

・男の人はどこでけがをしましたか。（男子在哪裡受傷了？）

・きのう道を渡るとき（昨天過馬路的時候）

・向こうから走ってきた自転車とぶつかってしまって（迎面撞上一台從對面騎過來的腳踏車）

・治るまで1か月かかるってお医者さんが言ってました。（醫生說要痊癒需要花一個月的時間。）

6ばん——4　　MP3 1-13

男の人と女の人が話しています。女の人は、最近何を始めましたか。

男：鈴木さんは何かスポーツをやってますか。

女：ええ。運動をしないといけないと思って、1か月前からこの近くのプールに通っています。

男：へえ。いいですね。

女：佐藤さんは？

男：私は仕事が忙しくて何もやってないんです。

女：そうですか。

女の人は、最近何を始めましたか。

解析

・運動をしないといけないと思って、1か月前からこの近くのプールに通っています。（我覺得不運動不行，所以1個月以前就開始到這附近的游泳池。）

・私は仕事が忙しくて何もやってないんです。（我因為工作忙，所以什麼（運動）都沒做。）

もんだい3

1ばん──1

 MP3 1-14

レストランで注文します。何と言いますか。

1　すみません。これ、二つください。

2　すみません。メニューください。

3　すみません。これ、いくらですか。

解析

1 すみません。これ、二つください。（不好意思，這個，請給我兩個。）

2 すみません。メニューください。（不好意思，請給我菜單。）

3 すみません。これ、いくらですか。（不好意思，這個多少錢？）

2ばん──2

MP3 1-15

友達に借りたCDを返します。何と言いますか。

1　このCD、鈴木さんのですか。

2　このCD、ありがとうございました。

3　このCD、どうでしたか。

解析

1 このCD、鈴木さんのですか。（這片CD是鈴木先生的嗎？）

2 このCD、ありがとうございました。（這片CD（還你）謝謝你。）

3 このCD、どうでしたか。（這片CD如何？）

3ばん——3　　🎧 MP3 1-16

友達が風邪を引きました。何と言いますか。

1　お元気で。
2　それは残念ですね。
3　お大事に。

🗣 解析

1 お元気で。（請保重。長時間無法和對方見面時使用。）

2 それは残念ですね。（太可惜了。）

3 お大事に。（請保重身體。對方身體不適、受傷時使用。）

4ばん——2　　🎧 MP3 1-17

店の前に置いてあるパンフレットが欲しいです。何と言いますか。

1　これ、どうぞ。
2　これ、もらってもいいですか。
3　これ、もらってください。

🗣 解析

1 これ、どうぞ。（這個，請用。）

2 これ、もらってもいいですか。（這個，可以給我嗎？）

3 これ、もらってください。（這個，請收下。）

5ばん——1　　🎧 MP3 1-18

コピー機の使い方を説明しています。何と言いますか。

1　紙をこの上に置いて、こちらのボタンを押してください。
2　この二枚、コピーしてください。
3　このコピー機は日本のです。

🗣 解析

1 紙をこの上に置いて、こちらのボタンを押してください。（請把紙張放在這上面，再按這個鈕。）

2 この二枚、コピーしてください。（請影印這兩張（資料）。）

3 このコピー機は日本のです。（這台影印機是日本的。）

言語知識（文字・語彙）

言語知識（文法）・讀解

聽解

もんだい4

1ばん──1　MP3 1-19

男：どうぞお上がりください。

女：1　失礼します。

　　2　さようなら。

　　3　いただきます。

中譯

男：請進。

女：1　打擾了。

　　2　再見。

　　3　我要開動了。

2ばん──2　MP3 1-20

男：ごめんください。

女：1　ありがとうございます。

　　2　いらっしゃい。

　　3　いってらっしゃい。

中譯

男：有人在嗎？

女：1　謝謝您。

　　2　請進。

　　3　請慢走。

3ばん──3　MP3 1-21

女：授業のないときは何をしていますか。

男：1　野球が大好きです。

　　2　まじめに授業を受けています。

　　3　ダンスの練習をしています。

中譯

女：沒上課的時候你都做些什麼事情呢？

男：1　我最喜歡棒球了。

　　2　我都認真的上課。

　　3　練習跳舞。

4ばん──2　MP3 1-22

女：遅かったですね。30分も待ちましたよ。

男：1　そうですよ。

　　2　すみませんでした。

　　3　はい、30分ですね。

中譯

女：你真慢阿。我等了三十分鐘了說！

男：1　是阿。

　　2　真的很抱歉。

　　3　對阿，是三十分鐘。

5ばん──2　MP3 1-23

男：どうぞ食べてください。

女：1　はい、失礼します。

　　2　はい、いただきます。

　　3　はい、いってきます。

中譯

男：請開動。

女：1　好的，我就打擾了。

　　2　好的，我要開動了。

　　3　好的，我要出門了。

6 ばん――1　 MP3 1-24

女：寒いですね。窓を閉めましょう
　　か。

男：1　すみません。お願いします。
　　2　はい、閉めないでください。
　　3　いいえ、閉めてください。

中譯

女：好冷喔。我們把窗戶關起來好嗎？

男：　1　不好意思，那就麻煩妳了。

　　　2　好的，請不要關起來。

　　　3　不，請關起來。

第2回

言語知識（文字・語彙）／ 35 問

もんだい1

1	2	3	4	5	6	7	8	9	10	11	12
1	3	2	3	2	2	1	1	4	4	3	3

もんだい2

13	14	15	16	17	18	19	20
4	4	1	4	3	4	2	2

もんだい3

21	22	23	24	25	26	27	28	29	30
2	1	3	4	3	2	3	2	1	4

もんだい4

31	32	33	34	35
1	4	2	2	3

言語知識（文法）・読解／ 32 問

もんだい1

1	2	3	4	5	6	7	8	9	10	11	12	13	14	15	16
2	1	2	2	3	4	3	3	3	1	4	4	1	1	2	2

もんだい2

17	18	19	20	21
1	4	1	2	1

もんだい3

22	23	24	25	26
2	1	2	4	3

もんだい4

27	28	29
2	3	1

もんだい5

30	31
3	4

もんだい6

32
2

聴解／ 24 問

もんだい1

1	2	3	4	5	6	7
3	2	3	4	1	4	2

もんだい2

1	2	3	4	5	6
2	2	2	1	1	4

もんだい3

1	2	3	4	5
3	1	2	1	1

もんだい4

1	2	3	4	5	6
2	1	3	1	3	3

言語知識（文字・語彙）

もんだい1

1 　**1**　ことばを覚えます。
背單字。

2 　**3**　かぜが弱いですが、さむいです。
風勢雖然很弱但是氣溫低。

3 　**2**　一昨年、にほんにきました。
前年來到日本。

4 　**3**　きょうは涼しいです。
今天天氣很涼爽。

5 　**2**　この料理は辛すぎます。
這道菜太辣了。

6 　**2**　あの人が大好きです。
非常喜歡那個人。

7 　**1**　えいごの本はにほんごの本より厚いです。
英文書比日文書厚。

8 　**1**　牛乳をのみます。
喝牛奶。

9 　**4**　難しいしつもんです。
困難的問題。

10 　**4**　でんきを消してください。
請關掉電燈。

11 　**3**　危ないところです。
危險的地方。

12 　**3**　楽しいばんぐみです。
令人愉悦的節目。

もんだい2

13 　**4**　野球のチケットを買いました。
買了棒球的門票。

14 　**4**　練習が終わりました。
練習時間結束了。

15 　**1**　レストランで晩ご飯を食べます。
在餐廳吃晚餐。

16 　**4**　今年二十歳です。
今年二十歲。

17 　**3**　ボールペンで書いてください。
請用原子筆寫。

18 　**4**　警察を呼びましょうか。
要不要叫警察來呢？

19 　**2**　父はサラリーマンです。
父親是上班族。

20 2 <ruby>明<rt>あか</rt></ruby>るいせんせいです。
個性開朗的老師。

もんだい3

21 2 搭公車。
1 進入到～（非指搭乘公車）。
2 搭乘公車。
3 上～（公車上下無此用法）。
4 下～（公車上下無此用法）。

22 1 每晚刷牙。
1 刷牙
2 洗～
3 做～
4 笑～

23 3 教人家該怎麼前往。
1 壓
2 掛上
3 教人家該怎麼前往
4 知道（～がわかります）

24 4 店門前停著車子。
1 起來
2 關上
3 放置（～をおきます）
4 停放

25 3 在泳池游泳。
1 記住
2 呼叫
3 遊泳
4 花費

26 2 從錢包拿錢出來。
1 放入
2 拿出
3 使用
4 玩耍

27 3 牆上掛畫。
1 畫圖（～をかきます）
2 停留
3 掛
4 下來

28 2 在餐廳大吃特吃。
1 一點點
2 很多
3 一個
4 不怎麼多（あまり～ません）

29 1 昨天天氣晴朗。
1 晴天
2 陰天
3 下雪
4 下雨

30 4 窗戶開著。
1 關上（～をしめます）
2 關著
3 打開（～をあけます）
4 開著

もんだい4

31 1 這本書不厚。
1 這本書很薄。
2 這本書很貴。
3 這本書很新。
4 這本書很有趣。

32 **4** 從昨天開始就沒吃東西。

1 吃了很多水果。

2 吃了藥。

3 現在肚子很飽。

4 現在肚子是空空的。

33 **2** 日語的考試很難，幾乎都不會寫。

1 考得很好。

2 考試並不簡單。

3 考試很簡單。

4 考試很無趣。

34 **2** 請不要在這裡抽菸。

1 在這邊抽菸也沒關係。

2 不可以在這邊抽菸。

3 不在這邊抽菸也無所謂。

4 一定要在這邊抽菸。

35 **3** 漢堡跟可樂，剛好 500 日圓。

1 漢堡 500 日圓，可樂也 500 日圓。

2 漢堡跟可樂，495 日圓。

3 漢堡跟可樂，500 日圓。

4 漢堡 495 日圓，可樂 500 日圓。

言語知識（文法）・読解

もんだい1

1 **2** 看電影學習英語。
- 1 （無此接續用法）
- 2 「で」表示方法、手段。
- 3 （無此接續用法）
- 4 （無此接續用法）

2 **1** 把頭髮剪短了。
- 1 みじか <s>い</s>＋く＋動詞。
- 2 （無此接續用法）
- 3 （無此接續用法）
- 4 （無此接續用法）

3 **2** 這個城鎮因為相當便利，所以很好。
- 1 （無此接續用法）
- 2 「な形容詞＋で」表示理由。
- 3 （無此接續用法）
- 4 （無此接續用法）

4 **2** 泡澡之前，先沖洗身體。
- 1 （無此接續用法）
- 2 泡澡之前，先沖洗身體。
- 3 （無此接續用法）
- 4 （無此接續用法）

5 **3** 在體育館比賽。
- 1 （無此接續用法）
- 2 （無此接續用法）
- 3 在體育館比賽。
- 4 （無此接續用法）

6 **4** 看漫畫背日文單字。
- 1 語意不通
- 2 語意不通
- 3 読んだ（讀過）
- 4 以看漫畫的方式來記憶單字

7 **3** 不怎麼喜歡打網球。
- 1 好きです（喜歡）
- 2 （無此接續用法）
- 3 好きではありません（不怎麼喜歡）（あまり＋否定）
- 4 （無此接續用法）

8 **3** 前天去海邊。
- 1 接著要去
- 2 打算去
- 3 去了
- 4 現在想要去

9 **3** 不論哪個都不喜歡。
- 1 （無此接續用法）
- 2 どちらの後接名詞
- 3 兩邊都否定
- 4 どちらか（兩邊有一邊）

10 **1** 入口處排了許多人。
- 1 入口處排了許多人。
- 2 （無此接續用法）
- 3 （無此接續用法）
- 4 （無此接續用法）

11 4 到了晚上變安靜下來。
1 （無此接續用法）
2 （無此接續用法）
3 （無此接續用法）
4 「靜か＋に＋なる」表示變安靜

12 4 搭計程車去比較好。
1 （無此接續用法）
2 （無此接續用法）
3 （無此接續用法）
4 「Ｖた＋ほうがいい」表示建議做～

13 1 小時候都與貓咪玩耍。
1 與貓咪玩耍
2 （無此接續用法）
3 （無此接續用法）
4 （無此接續用法）

14 1 學校附近有沒有好吃又乾淨的店呢？
1 好吃又…
2 （無此接續用法）
3 おいしいので（因為好吃）
4 （無此接續用法）

15 2 開始上課。
1 （無此接續用法）
2 開始上課。
3 （無此接續用法）
4 （無此接續用法）

16 2 還沒寫完功課。
1 已經完成
2 沒完成。
3 完成
4 過去沒完成

もんだい２

17 1 アルバイトは 2 ８時 4 から 1 18時 3 まで です。
打工從八點到十八點為止。

解析
・〜から〜まで（時間範圍）

18 4 毎晩、本を 2 読んだり、 4 音楽を 3 聴いたり 1 します。
每晚會看些書，聽些音樂。

解析
・〜たり〜たり（動作的列舉）

19 1 この 4 約束 1 を 2 忘れない 3 で ください。
請不要忘記這個約定。

解析
・〜Ｖない＋で＋ください（請求對方不要做～）

20 2 歌が 3 うまい 2 です 4 から、 1 歌手 に なりたいです。
因為歌喉好，所以想要成為歌手。

解析
・〜ですから〜（理由）

21 **1** わたしは ┌ **1** お風呂 ┐ **4**
に **3** 入る **2** まえに
テレビを 見ます。

我去洗澡之前在看電視。

 解析

- V＋まえに（在做這個動作之前）

もんだい3

22 **2**

1 （無此接續用法）
2 来る（來日本之前）
3 来た（已經來到）
4 来ないで（不來的狀態）

23 **1**

1 「V たり＋する」表示動作的列
舉
2 （無此接續用法）
3 （無此接續用法）
4 （無此接續用法）

24 **2**

1 （無此接續用法）
2 まだ＋否定（尚未）
3 また（還要、再）
4 （無此接續用法）

25 **4**

1 そして（以及）
2 それから（之後）
3 それで（於是）
4 でも（但是）

26 **3**

1 書いた（認為已經寫了）
2 （無此接續用法）
3 書きたい＋と思います（想寫）
4 （無此接續用法）

もんだい4

（1）

27 **2** 去秋葉原買電腦零件。

題目中譯 哈利今天做了什麼？

解析

- アニメの DVD（卡通的 DVD）
- 今日はコンピューターの部品だ
けを買った。（今天只買了電腦
零件。）
- あしたはマンガを買いに中野へ
行こうと思う。（明天想去中野
買漫畫。）

（2）

28 **3** 因為感冒了，所以想請假休息。

題目中譯 留學生朴同學想傳達什麼事？

解析

- アルバイトをしている店の店長
にメールしました。（寫電子郵
件給打工處的店長。）
- ねつがあります。（發燒。）
- 今日はしごとをしないで寝なけ
ればいけません。（今天不要工
作，得休息。）

言語知識（文字・語彙）

言語知識（文法）・讀解

聽解

（3）

29 1 朴同學休息，金同學工作。

(題目中譯) 打工的工作由誰做？

解析

・しごとに出ることができると言っていました。（說可以來上班（到店裡工作）。）

・安心して、ゆっくり休んでください。（請安心，好好休息。）

もんだい5

30 3 使用飯和雞蛋做的簡單料理。

(題目中譯) 生雞蛋拌飯是什麼樣的料理？

31 4 因為有時會（因為吃了生雞蛋而）生病。

(題目中譯) 為什麼在國外無法吃到生雞蛋拌飯？

(大意)

在國外經常可以吃到像壽司、天婦羅等日本料理，但是也有一些像生雞蛋拌飯這樣的日本食物在國外吃不到。

生雞蛋拌飯是將生雞蛋放在熱騰騰的飯上攪拌食用，經常會在上面淋上醬油。

在日本，雞蛋通常清洗乾淨後再販賣，但是在外國，雞蛋通常不會清洗，因此有時吃了生雞蛋後會生病。所以生雞蛋拌飯只能在日本才吃得到。

解析

・今も外国では食べることができない日本のりょうりがあります。（有一些至今仍無法在外國吃到的日本食物。）

・たまごかけごはんは、あついごはんに生のたまごを入れて混ぜるだけのかんたんなりょうりです。（生雞蛋拌飯是將生雞蛋放進熱騰騰的飯中攪拌的簡單食物。）

・しょうゆをかけて食べることが多いです。（經常會淋上醬油食用。）

・日本ではニワトリが産んだたまごをきれいに洗ってから売ります。（在日本雞生的蛋通常會清洗乾淨後才販賣。）

・生のたまごを食べると病気になることがあります。（有時吃了生雞蛋後會生病。）

・たまごかけごはんは日本でしか食べることができないりょうりなのです。（生雞蛋拌飯只能在日本才吃得到的料理。）

もんだい6

32 **2** 浸泡至肩膀前先將腳浸在溫泉中。

(題目中譯) Hanna 小姐該做什麼？請從 1．2．
3．4 中選出。

解析

・はだがきれいになる温泉があり
　ます。（有可以使肌膚變美的溫
　泉。）

・タオルを腰に巻いて温泉に入り
　ます。（將毛巾圍繞在腰部浸泡
　溫泉。）

・温泉から出るときシャワーを浴
　びます。（泡完溫泉時要淋浴。）

・最初に足だけをお湯に入れて、
　体を温かくしましょう。（首先
　要泡腳暖身。）

・心臓の弱い人は、3分以上温泉
　に入らないでください。（心臓
　功能較弱的人請不要浸泡溫泉超
　過 3 分鐘。）

・温泉から出るとき、シャワーを
　浴びると、温泉の効果が弱くな
　ります。（泡完溫泉後淋浴會降
　低泡溫泉的效果。）

聴解

もんだい1

1ばん——3　　　　　　　🎧 MP3 2-1

誕生日の話をしています。女の人の誕生日はいつですか。

女：誕生日はいつですか。

男：5月20日です。

女：あっ、私と一日違いですね。私のほうが、一日早いです。

女の人の誕生日はいつですか。

🗒 解析

・私と一日違いですね。（跟我差一天。）

・私のほうが、一日早いです。（我（比你）早一天。）

2ばん——2　　　　　　　🎧 MP3 2-2

先生が話しています。今から勉強するのは何ページですか。

男：それでは授業を始めます。教科書の102ページを見てください。

今から勉強するのは何ページですか。

🗒 解析

・教科書の102ページを見てください。（請看課本第102頁。）

・今から勉強するのは何ページですか。（接下來要學習的是第幾頁？）

3ばん——3　　　　　　　🎧 MP3 2-3

レストランの受付でお客さんの名前を聞きました。お客さんの名前はどう書けばいいですか。

男：お客様、お名前をお願いします。

女：天道あかねです。「てん」は天気の「天」、「どう」は「道」です。「あかね」はひらがなです。

男：天道あかね様ですね。係員がご案内するまで、しばらくお待ちください。

お客さんの名前はどう書けばいいですか。

🗒 解析

・「てん」は天気の「天」、「どう」は「道」です。「あかね」はひらがなです。（「てん」是天氣的「天」，「どう」是「道」，「あかね」是（寫）平假名。）

・係員がご案内するまで、しばらくお待ちください。（請稍後，負責帶位的同仁會來帶位。）

4ばん――4　　　MP3 2-4

医者が説明しています。男の人は、これ
からどうしますか。

女：今日はお風呂に入らないでくだ
　　さい。

男：はい。

女：それから、1日3回食事のあと
　　に薬を飲んでください。ご飯を
　　食べたくないときは、牛乳を
　　飲んでから薬を飲んでもいいで
　　すよ。

男：ご飯はちゃんと食べることがで
　　きます。

女：それならすぐ治りますよ。

男の人は、これからどうしますか。

解析

・ご飯を食べたくないときは、牛
　乳を飲んでから薬を飲んでもい
　いですよ。（不想吃飯的時候可
　以喝些牛奶再吃藥。）

・ご飯はちゃんと食べることがで
　きます。（飯是能夠確實的吃。）

・それならすぐ治りますよ。（那
　樣的話應該馬上就能康復了。）

5ばん――1　　　MP3 2-5

男の人と女の人が話しています。二人が
行くのはどの家ですか。

女：吉田さんの家に行くのは初めて
　　です。どんな家ですか。

男：屋根が三角で、一階の右側に
　　窓、左側にドアのある家です。

女：ああ、あれですか。

二人が行くのはどの家ですか。

解析

・吉田さんの家に行くのは初めて
　です。（第一次去吉田先生的
　家。）

・屋根が三角で、一階の右側に
　窓、左側にドアのある家です。
　（屋頂是三角形・一樓右側有窗
　戶・左側有門。）

言語知識（文字・語彙）　言語知識（文法）・讀解　聽解

6 ばん——4　 MP3 2-6

男の人と女の人が携帯電話で話しています。男の人はこの後どこからどこへ行きますか。

男：すみ子さん、西出口に来ましたけど、誰もいませんよ。

女：ごめんなさい。場所が変わったんです。東出口に来てください。

男：そうですか。わかりました。

男の人はこの後どこからどこへ行きますか。

解析

- 西出口に来ましたけど、誰もいませんよ。（我已經來到西側出口，但是都還沒有人（到）。）
- 場所が変わったんです。（地點更改了。）

7 ばん——2　 MP3 2-7

道を説明しています。どう行きますか。

女：あそこ、左側にコンビニがありますね。その向こうの道を右へ曲がってください。

どう行きますか。

解析

- その向こうの道を右へ曲がってください。（再過去的那條路請右轉。）

もんだい2

1 ばん——2　 MP3 2-8

女の人が男の人に電話をしています。レストランはどこですか。

女：もしもし。今駅に着いたんですが、レストランは駅からどうやって行きますか。

男：駅を出ると左に白いビルがあるんですが、レストランはそのビルの3階にあります。

女：左の白いビルですね。わかりました。すぐ行きます。

レストランはどこですか。

解析

- 今駅に着いたんですが、（（我）現在已經抵達車站了。）
- 駅を出ると左に白いビルがあるんですが、レストランはそのビルの3階にあります。（走出車站左邊有一棟白色大樓，餐廳就在那棟大樓的3樓。）

2ばん——2　 MP3 2-9

男<ruby>の<rt>おとこ</rt></ruby>人<ruby><rt>ひと</rt></ruby>と女<ruby><rt>おんな</rt></ruby>の人<ruby><rt>ひと</rt></ruby>がメニューを見<ruby><rt>み</rt></ruby>ながら話<ruby><rt>はな</rt></ruby>しています。女<ruby><rt>おんな</rt></ruby>の人<ruby><rt>ひと</rt></ruby>はどのセットを選<ruby><rt>えら</rt></ruby>びましたか。

女：どれにしようかなあ。

男：こっち、スープがついてるよ。

女：そうね。でも、野菜<ruby><rt>やさい</rt></ruby>がほしい。

男：じゃ、こっちは？サラダも飲<ruby><rt>の</rt></ruby>み物<ruby><rt>もの</rt></ruby>もついてるよ。

女：でもお肉<ruby><rt>にく</rt></ruby>はちょっと…。あ、こっちにする。サラダもついてるし、ケーキもあるわ。

男：じゃ、ぼくはお肉<ruby><rt>にく</rt></ruby>のほうにする。

女<ruby><rt>おんな</rt></ruby>の人<ruby><rt>ひと</rt></ruby>はどのセットを選<ruby><rt>えら</rt></ruby>びましたか。

 解析

・どれにしようかなあ。（要點什麼好呢？）

・スープがついてるよ。（有附湯。）

・ぼくはお肉のほうにする。（我選肉類（餐點）。）

3ばん——2　 MP3 2-10

女<ruby><rt>おんな</rt></ruby>の人<ruby><rt>ひと</rt></ruby>は荷物<ruby><rt>にもつ</rt></ruby>を送<ruby><rt>おく</rt></ruby>ります。どのくらい時間<ruby><rt>じかん</rt></ruby>がかかりますか。

女：すみません。この荷物<ruby><rt>にもつ</rt></ruby>、アメリカまでお願<ruby><rt>ねが</rt></ruby>いします。

男：船便<ruby><rt>ふなびん</rt></ruby>でよろしいですか。

女：どのくらいかかりますか。

男：1か月<ruby><rt>げつ</rt></ruby>ぐらいです。

女：航空便<ruby><rt>こうくうびん</rt></ruby>は？

男：2週間<ruby><rt>しゅうかん</rt></ruby>ぐらいです。

女：じゃあ、航空便<ruby><rt>こうくうびん</rt></ruby>でお願<ruby><rt>ねが</rt></ruby>いします。

女<ruby><rt>おんな</rt></ruby>の人<ruby><rt>ひと</rt></ruby>は荷物<ruby><rt>にもつ</rt></ruby>を送<ruby><rt>おく</rt></ruby>ります。どのくらい時間<ruby><rt>じかん</rt></ruby>がかかりますか。

解析

・この荷物、アメリカまでお願いします。（麻煩你這件行李要寄到美國。）

・船便でよろしいですか。（以海運寄送可以嗎？）

言語知識（文字・語彙）

言語知識（文法）・讀解

聽解

4ばん——1

MP3 2-11

女の人はバッグをレストランに忘れました。女の人はどんなバッグを忘れましたか。

女：あのう、すみません。きのうこちらに黒いバッグを忘れたんですが。

男：黒いバッグですか。少々お待ちください。
……
こちらに丸いのと四角いのがありますが・・・。

女：こちらの丸いのです。どうもありがとうございました。

女の人はどんなバッグを忘れましたか。

 解析

- きのうこちらに黒いバッグを忘れたんですが。（昨天我把黑色皮包遺忘在這裡。）
- 少々お待ちください。（請稍候。）

5ばん——1

MP3 2-12

女の人は男の人と話しています。女の人が旅行のときに撮った写真はどんな写真ですか。

女：この間の旅行は楽しかった。写真もたくさん撮ったよ。ほら、見て。

男：いいなあ。きれいに撮れたね。

女：いいお天気だったから、人が多かったけど、のんびりできたわよ。ここで泳いだり、おいしい魚の料理を食べたりして、最高だった。

男：へえ、うらやましいなあ。

女の人が旅行のときに撮った写真はどんな写真ですか。

 解析

- きれいに撮れたね。（拍得很漂亮。）
- のんびりできたわよ。（是個悠閒的旅行。）
- ここで泳いだり、おいしい魚の料理を食べたりして、最高だった。（在這裡游泳、吃好吃的魚料理，非常棒。）

6ばん——4　　🔊 MP3 2-13

おんな ひと おとこ ひと くすり の かた せつめい
女の人が男の人に薬の飲み方を説明して
おとこ ひと なんかいくすり の
います。男の人は何回薬を飲まなければ
なりませんか。

女：鈴木さま。鈴木正人様。
　　　すずき　　　すずきまさとさま

男：はい。

女：こちらがお薬です。大きい丸い
　　　　　　くすり　　　　　　おお　　　まる
　　薬はご飯を食べた後に飲んでく
　　くすり　はん　た　あと　の
　　ださい。小さいのは毎日1回、
　　　　　　　　　ちい　　　　まいにち　かい
　　寝る前に飲んでください。
　　ね　まえ　の

男：大きいのは3回、小さいのは寝
　　　おお　　　　かい　ちい　　　　ね
　　る前ですね。
　　　まえ

女：はい。お大事に。
　　　　　　　だいじ

おとこ ひと なんかいくすり の
男の人は何回薬を飲まなければませ
んか。

🔍 解析

　・大きい丸い薬はご飯を食べた後
　　に飲んでください。（大的圓形
　　藥丸請於餐後服用。）

　・小さいのは毎日1回、寝る前に
　　飲んでください。（小的（藥丸）
　　每天一次，睡前服用。）

もんだい3

1ばん——3　　🔊 MP3 2-14

えきいん わす もの と あ
駅員に忘れ物を問い合わせています。何
なん
と言いますか。
い

1　あのう、渋谷までいくらですか。
　　　　　しぶや

2　すみません。この電車は新宿に
　　　　　　　　　でんしゃ　しんじゅく
　　止まりますか。
　　と

3　すみません。昨日電車に財布を
　　　　　　　きのうでんしゃ　さいふ
　　忘れてしまったんですが。
　　わす

🔍 解析

　1 あのう、渋谷までいくらです

　　か。（請問，到渋谷要多少錢？）

　2 すみません。この電車は新宿に

　　止まりますか。（請問，這台車

　　會停靠新宿站嗎？）

　3 すみません。昨日電車に財布を

　　忘れてしまったんですが。（不

　　好意思，我昨天將錢包遺忘在電

　　車上了。）

2ばん——1　　🎧 MP3 2-15

家へ遊びに来ている友達に飲み物を勧め
ています。何と言いますか。

1　コーヒーかお茶はいかがですか。
2　このお茶をもらいました。
3　いただきます。

解析

1　コーヒーかお茶はいかがです
か。（要不要來杯咖啡或茶？）

2　このお茶をもらいました。（我
拿（得、收）到茶了。）

3　いただきます。（我要喝了。）

3ばん——2　　🎧 MP3 2-16

お客さんに商品を説明しています。何と
言いますか。

1　カメラは奥の右のコーナーです。
2　こちらは一番人気の商品です。
軽くて便利ですよ。
3　お客様、お会計はあちらでお願
いします。

解析

1　カメラは奥の右のコーナーです。
（相機在裡面右手邊的區域。）

2　こちらは一番人気の商品です。
軽くて便利ですよ。（這是本店
最暢銷的商品，又輕巧又方便。）

3　お客様、お会計はあちらでお願
いします。（客人您要結帳請到
那邊。）

4ばん——1　　🎧 MP3 2-17

荷物をたくさん持っている友達を手伝い
ます。何と言いますか。

1　重そうですね。持ちましょうか。
2　この荷物は重いですか。
3　この荷物、持ってもいいですか。

解析

1　重そうですね。持ちましょう
か。（好像很重的樣子，需不需
要我來幫你拿？）

2　この荷物は重いですか。（這行
李很重嗎？）

3　この荷物、持ってもいいです
か。（這行李，我可以拿嗎？）

5ばん——1　　🎧 MP3 2-18

管理人がゴミを置く場所を説明していま
す。何と言いますか。

1　ゴミはあちらにお願いします。
2　こんにちは。こちらにサインを
お願いします。
3　すみません。きれいにしてください。

解析

1　ゴミはあちらにお願いします。
（垃圾請放置在那邊。）

2　こんにちは。こちらにサインを
お願いします。（你好，請在這
裡簽名。）

3　すみません。きれいにしてくだ
さい。（不好意思，請弄乾淨。）

もんだい4

1ばん――2

🎵 MP3 2-19

大人：今年おいくつですか。

子ども：1　300円です。

　　　　2　3歳です。

　　　　3　2013年です。

中譯

大人：你今年幾歲呢？

孩童：1　三百日圓。

　　　2　三歲。

　　　3　2013年。

2ばん――1

🎵 MP3 2-20

男：速く返事をしなくちゃいけないよ。

女：1　ええ、いますぐ書きます。

　　2　ええ、しなくてもいいですね。

　　3　ええ、しないほうがいいですね。

中譯

男：不趕緊回信不行喔！

女：1　嗯，我現在馬上來寫信。

　　2　嗯，不寫也沒關係喔。

　　3　嗯，不寫比較好喔。

3ばん――3

🎵 MP3 2-21

先生：今日の授業はここまで。

学生：1　お元気で。

　　　2　失礼します。

　　　3　ありがとうございました。

中譯

老師：今天的課就上到這邊。

學生：1　保重身體喔。

　　　2　打擾了。

　　　3　謝謝老師。

4ばん――1

🎵 MP3 2-22

男：この土曜日、どこかへ行きますか。

女：1　どこへも行きません。

　　2　6時から10時までです。

　　3　デパートへ行きません。

中譯

男：這個週六，要去哪嗎？

女：1　哪都不去。

　　2　從六點到十點。

　　3　不去百貨公司。

言語知識（文字・語彙）

言語知識（文法）・讀解

聽解

5ばん——3　　🎧 MP3 2-23

女：その携帯、高いですね。

男：1　いいえ、低いですよ。

　　 2　いいえ、とても高いですよ。

　　 3　ええ、安くないです。

中譯

女：那個手機的價格，很貴吧！

男：1　不會啊，很低喔！

　　 2　不會啊，很貴喔！

　　 3　對啊，不便宜。

6ばん——3　　🎧 MP3 2-24

女：あの人は誰ですか。

男：1　めがねをかけています。

　　 2　ドアのそばに立っています。

　　 3　新しい社員です。

中譯

女：那個人是誰啊？

男：1　他戴著眼鏡。

　　 2　他站在門邊。

　　 3　他是新來的員工。

第3回

言語知識（文字・語彙）／35問

もんだい1

1	2	3	4	5	6	7	8	9	10	11	12
3	2	1	2	4	3	2	1	4	1	2	3

もんだい2

13	14	15	16	17	18	19	20
1	3	1	2	1	4	2	4

もんだい3

21	22	23	24	25	26	27	28	29	30
3	4	4	2	2	4	2	3	1	4

もんだい4

31	32	33	34	35
3	1	4	1	3

言語知識（文法）・読解／32問

もんだい1

1	2	3	4	5	6	7	8	9	10	11	12	13	14	15	16
3	3	4	2	1	4	2	1	2	1	4	4	2	2	3	4

もんだい2

17	18	19	20	21
3	1	4	3	1

もんだい3

22	23	24	25	26
4	1	1	3	2

もんだい4

27	28	29
1	3	1

もんだい5

30	31
3	2

もんだい6

32
2

聴解／24問

もんだい1

1	2	3	4	5	6	7
4	1	2	3	4	2	1

もんだい2

1	2	3	4	5	6
2	3	1	3	1	3

もんだい3

1	2	3	4	5
2	1	2	3	3

もんだい4

1	2	3	4	5	6
3	2	1	2	3	1

言語知識（文字・語彙）

もんだい1

| 1 | 3 | きのうは<ruby>曇<rt>くも</rt></ruby>りでした。 |

昨天是陰天。

| 2 | 2 | ふくを<ruby>脱<rt>ぬ</rt></ruby>ぎます。 |

脱掉衣服。

| 3 | 1 | しごとが<ruby>忙<rt>いそが</rt></ruby>しいです。 |

工作很忙碌。

| 4 | 2 | お兄さんは<ruby>親切<rt>しんせつ</rt></ruby>です。 |

你哥哥待人很隨和。

| 5 | 4 | このじてんしゃは<ruby>軽<rt>かる</rt></ruby>いです。 |

這台腳踏車很輕。

| 6 | 3 | <ruby>図書館<rt>としょかん</rt></ruby>でべんきょうします。 |

在圖書館唸書。

| 7 | 2 | <ruby>黒<rt>くろ</rt></ruby>いつくえです。 |

黑色的桌子。

| 8 | 1 | <ruby>兄弟<rt>きょうだい</rt></ruby>がふたりいます。 |

有兩個兄弟姐妹。

| 9 | 4 | <ruby>今朝<rt>けさ</rt></ruby>ろくじにおきました。 |

今天早上六點鐘起床。

| 10 | 1 | ピアノを<ruby>習<rt>なら</rt></ruby>います。 |

學鋼琴。

| 11 | 2 | あかい<ruby>傘<rt>かさ</rt></ruby>です。 |

紅色的雨傘。

| 12 | 3 | しゅくだいを<ruby>忘<rt>わす</rt></ruby>れました。 |

忘記寫功課。

もんだい2

| 13 | 1 | <ruby>雑誌<rt>ざっし</rt></ruby>が<ruby>本棚<rt>ほんだな</rt></ruby>にあります。 |

雜誌在書架上。

| 14 | 3 | その<ruby>ニュース<rt></rt></ruby>を<ruby>聞<rt>き</rt></ruby>きました。 |

聽到那則新聞。

| 15 | 1 | <ruby>背広<rt>せびろ</rt></ruby>を<ruby>着<rt>き</rt></ruby>ます。 |

穿西裝。

| 16 | 2 | 彼は<ruby>スポーツ<rt></rt></ruby>が<ruby>嫌<rt>きら</rt></ruby>いです。 |

他不喜歡運動。

| 17 | 1 | <ruby>父<rt>ちち</rt></ruby>はタバコを<ruby>吸<rt>す</rt></ruby>います。 |

爸爸會抽菸。

| 18 | 4 | <ruby>誕生日<rt>たんじょうび</rt></ruby>カードを<ruby>送<rt>おく</rt></ruby>りました。 |

寄了生日賀卡。

| 19 | 2 | <ruby>丈夫<rt>じょうぶ</rt></ruby>なかばんです。 |

耐用的包包。

| 20 | 4 | スリッパをはきます。 |

穿拖鞋。

もんだい3

21 **3** 加糖。
1 進入（〜がはいります）
2 需要糖（〜がいります）
3 加糖
4 喝

22 **4** 小嬰兒出生了。
1 拉
2 押
3 拿出
4 出生

23 **4** 花一個鐘頭到學校。
1 借出
2 關掉（〜をけします）
3 使用（〜をつかいます）
4 花費

24 **2** 恢復精神。
1 有（〜があります）
2 恢復精神
3 掛
4 停

25 **2** 離開房間。
1 進入（〜にはいります）
2 離開房間
3 下〜（房間無此用法）
4 搭乘

26 **4** 請不要用髒髒的手拿麵包吃。
1 骯髒的湯匙
2 骯髒的刀子
3 骯髒的叉子
4 骯髒的手

27 **2** 因為太高，找不到合適的褲子。
1 大的
2 高的
3 廣的
4 長的

28 **3** 熱鬧的百貨公司。
1 安靜的
2 溫暖的
3 熱鬧的
4 胖的

29 **1** 彈鋼琴。
1 彈（鋼琴）
2 查閱
3 聆聽
4 掛上

30 **4** 在書店買了三本書。
1 無此用法
2 三個長條狀物品
3 無此用法
4 三本（書）

もんだい4

31 **3** 請不要在這裡抽菸。
1 在這裡抽菸也沒關係。
2 這在裡就算不抽菸也沒關係。
3 在這裡不可以抽菸。
4 在這裡不得不抽菸。

32 **1** 人很少。
1 人不多。
2 人很多。
3 很多人。
4 各種各樣的人。

33　**4**　洗了包包。

　　1　得到包包。

　　2　包包變髒了。

　　3　買了新包包。

　　4　使包包變乾淨。

34　**1**　日文跟英文都不拿手。

　　1　日文跟英文都不行。

　　2　日文跟英文都很厲害。

　　3　日文很厲害，英文不行。

　　4　日文不行，英文很厲害。

35　**3**　附近沒有郵局嗎？

　　1　附近沒有郵局。

　　2　附近有郵局。

　　3　附近有郵局嗎？

　　4　以前附近沒有郵局。

言語知識（文法）・読解

1 **3** 下週要去日本旅行。
1 （無此接續用法）
2 （無此接續用法）
3 「に」表示目的
4 （無此接續用法）

2 **3** 完全不懂韓文。
1 わかります（知道）
2 わかりました（先前就已經知道）
3 「ぜんぜん」後接「否定」
4 わかりますか（知道嗎）

3 **4** 昨天在教室唸書。
1 （無此接續用法）
2 （無此接續用法）
3 「昨日」後不可接續「に」
4 昨天在教室唸書。

4 **2** 就算下雨也不中止運動會。
1 降らなくて（不下雨）
2 動詞ても（即使～）
3 降ってから（下雨之後）
4 （無此接續用法）

5 **1** 使用電腦來看節目。
1 「～を使って、～」表示使用～做～事
2 （無此接續用法）
3 （無此接續用法）
4 （無此接續用法）

6 **4** 經過小學的前面。
1 （無此接續用法）
2 へ（移動方向）
3 で（一般動作進行場所）
4 「を＋移動動詞」表示移動性動作進行場所

7 **2** 上午跑去哪了嗎？
1 どこへも（後接否定表示哪都沒去）
2 跑去哪了嗎？
3 どこが（把「哪裡」作為主語格）
4 どこで（表示在「哪裡」進行動作）

8 **1** 因為下雨鞋子變髒。
1 N＋で表示原因
2 （無此接續用法）
3 （無此接續用法）
4 （無此接續用法）

9 **2** 父親每晚睡前都會看書。
1 （無此接續用法）
2 「Ｖ原形＋前に」表示做～事之前
3 （無此接續用法）
4 （無此接續用法）

10 **1** 因為這個包包很耐用，所以賣的很好。
1 な形容詞＋だ＋から表原因
2 （無此接續用法）
3 （無此接續用法）
4 （無此接續用法）

11 **4** 我將來想在日本的公司上班。

    1   つとめたい前接助詞に

    2   （無此用法）

    3   ～で働きたい（想在哪裡工作）

    4   （無此用法）

12 **4** 太忙碌以至於從早上到現在都沒吃東西。

    1   （無此用法）

    2   食べました（吃過）

    3   食べています（吃了）

    4   從早上到現在都沒吃東西

13 **2** 他的鋼琴彈的非常好。

    1   （無此接續用法）

    2   他的鋼琴彈的非常好。

    3   （無此接續用法）

    4   （無此接續用法）

14 **2** 請說的大聲點。

    1   （無此接續用法）

    2   請說的大聲點。

    3   （無此接續用法）

    4   （無此接續用法）

15 **3** 已經聽說那件事情了。

    1   （無此接續用法）

    2   （無此接續用法）

    3   もう＋Ｖている表示已經處於某一狀態中

    4   （無此接續用法）

16 **4** 運動項目之中最喜歡的是棒球。

    1   （無此接續用法）

    2   （無此接續用法）

    3   （無此接續用法）

    4   運動項目之中最喜歡的是棒球。

もんだい２

17 **3** 彼女は　2 日本語　4 が　3 上手　1 に　なっています。

她的日文越來越進步。

解析

・な形容詞＋に＋なる～（變得～）

18 **1** ジュースを２つ　2 と　3 お弁当　1 を　4 １つ　お願いします。

我要買兩瓶果汁及一個便當。

解析

・名詞＋を＋數量＋お願いします。（我要買～）

19 **4** 入院　4 します　2 から、3 来週　1 まで　休みます。

因為要住院，所以請假到下週。

解析

・Ｖます＋から（理由）

20 **3** 郵便局　4 へ　1 切手を　2 買い　3 に　行きます。

去郵局買郵票。

解析

・～Ｖます＋に＋移動動詞（前往哪裡做什麼）

21 **1** 歌 <u>1 を</u> 4 歌う 3

の <u>2 が</u> 好きです。

喜歡唱歌。

解析

・ V＋の→名詞化

・ ～（名詞）が好きです。（喜歡
做～）

もんだい3

22 **4**

1 行く（從香港要前往）

2 行った（已香港前往）

3 来る（將要從香港來到）

4 来た（從香港已經來到這裡的）

23 **1**

1 います（有生命的存在）

2 あります（無生命的存在）

3 いました（過去曾經有過有生
命之存在）

4 ありました（過去曾經有過無
生命之存在）

24 **1**

1 そして（以及）

2 そこで（因此）

3 それも（那個也）

4 それとも（或者）

25 **3**

1 おおぜい（人數眾多）

2 おおきく（大的）

3 いっぱい（滿滿的）

4 おもく（重的）

26 **2**

1 （無此接續用法）

2 くらい（左右）

3 ちかい（近的）

4 ながい（長的）

もんだい4

（1）

27 **1** 吳同學現在在臺灣。

題目中譯 正確的內容是哪一個？

解析

・ 先週台湾に帰りました。（上星
期回到臺灣。）

・ 母が作った台湾料理もたくさん
食べました。（也吃了許多母親
作的臺灣料理。）

・ 春節が終わって日本に帰った
ら、またがんばって勉強しま
す。（舊曆年結束回到日本後，
還會繼續努力讀書。）

言語知識（文字・語彙）

言語知識（文法）・讀解

聽解

（2）

28 **3** やすし（人名：Yasushi）

題目中譯 身高高度排名第二的是誰？

 解析

- インターネットの掲示板の会話。（網路留言板對話。）
- やすしくんはきよしくんより背が高かったよね。（我記得 Yasushi 的身高比 Kiyoshi 高，沒錯吧？ 使用過去式「高かった」表示印象中、記憶中是高的。）

（3）

29 **1** 8 點 45 分

題目中譯 陳先生幾點出席會議？

 解析

- 田中さんから陳さんにメールの返事が返ってきました。（田中回信給陳先生。）
- それでは 1 時間も遅刻ですよ。（如果那樣的話，就是遲到 1 小時喔。）
- 準備もありますから、15 分前に来てください。（因為還需要準備，所以請提早 15 分鐘到。）
- あしたのかいぎは、10 時からでしたよね。（我記得明天的會議是從 10 點開始吧。 使用過去式「10 時からでした」表示印象中、記憶中是從 10 點開始。）

もんだい 5

30 **3** 因為有些魚隨著成長名稱會跟著給改變。

題目中譯 這個人為什麼感到驚訝？

31 **2** TSUBASU（ツバス）

題目中譯 這個人得到了什麼？

大意

　　昨天到了海邊有一對父子正在釣魚。男孩釣到一條魚，他說叫「TSUBASU（鰤魚的幼魚）」，他父親說：這魚的生魚片很好吃。接下來這位父親釣到了一條相同的魚，但他說這次這條魚叫「HAMACHI（鰤鰰）」，男孩跟我說這種魚小時候叫「TSUBASU」，稍微大一點的叫「HAMACHI」，更大的叫鰤魚，我很驚訝。他父親說要將其中一條魚給我，於是我帶了小條魚回家。

解析

- またツバスですね。（又是「TSUBASU(鰤魚的幼魚)」。）
- 次にお父さんがさかなを釣りました。（接下來父親釣到魚了。）
- わたしは「同じさかなじゃないんですか」と聞きました。（我問到「不是同一種魚」嗎？）
- 「このさかなは、小さいときはツバスといいますが、大きくなるとハマチというんですよ。もっと大きくなるとブリといいま

す」と男の子が教えてくれました。（男孩告訴我「這種魚小時候叫『TSUBASU』，稍微大一點的叫『HAMACHI』，更大的叫鰤魚」。）

もんだい6

32 **2** 7800 日圓

(題目中譯) 卡拉 OK 的費用一共多少錢？

解析

- カラオケのご案内（卡拉 OK 消費說明）
- 祝日の前日（假日前一日）
- 学生料金で利用されるお客様は、学生証を見せてください。（用學生價消費的客人請出示學生證。）
- 小学生以下のお子様は、一般料金の半分の料金をいただきます。（小學生以下的兒童以一般價格之半價收費。）
- カラオケの料金表（卡拉 OK 價目表）

言語知識（文字・語彙）

言語知識（文法）・讀解

聽解

聴解

もんだい1

1ばん──4　 MP3 3-1

犬について話しています。探しているのはどの犬ですか。

女：すみません。うちの犬を見ませんでしたか。

男：あの黒い犬ですか。

女：そうです。黒い子犬です。

探しているのはどの犬ですか。

解析

- 探しているのはどの犬ですか。
（此人正在找的是什麼樣的狗？）

- うちの犬を見ませんでしたか。
（有沒有看到我們家的狗？）

2ばん──1　 MP3 3-2

学生と先生が話しています。いつ相談しますか。

女：先生、相談があるんですけど、明日かあさっての午後は空いてますか。

男：明日…水曜日ですか。午後はずっと会議ですね。あさっては授業がありますね。今日、授業のあとはどうですか。

女：5時からなら大丈夫です。

いつ相談しますか。

解析

- 相談があるんですけど、明日かあさっての午後は空いてますか。（有事想商量，明天或後天的下午有空嗎？）

- 午後はずっと会議ですね。（整個下午都要開會。）

- 5時からなら大丈夫です。（5點之後的話就沒問題。）

50

3ばん──2 　MP3 3-3

旅行の話をしています。女の人はどこへ旅行に行きますか。

男：明日から旅行なんだって。どこに行くの？温泉？

女：南の島よ。海がとってもきれいなの。泳ぐのが楽しみ。

男：いいなあ。

女の人はどこへ旅行に行きますか。

解析

- 明日から旅行なんだって。（聽說你明天起要去旅行。）
- 泳ぐのが楽しみ。（好期待（去那裡）游泳。）

4ばん──3 　MP3 3-4

女の人と男の人が話しています。男の人は何を買いに行きますか。

女：疲れたー。ちょっと休みましょう。

男：何か買ってきましょうか。甘い物のほうがいいですか。

女：それはいいね。今日は暑いし、冷たいのがいいな。

男の人は何を買いに行きますか。

解析

- 何か買ってきましょうか。（要不要買些什麼過來？）
- 甘い物のほうがいいですか。（甜的東西較好嗎？）
- 今日は暑いし、冷たいのがいいな。（今天很熱，所以冰的東西比較好。）

5ばん──4　　　　🎧 MP3 3-5

男の人と女の人が話しています。三番目に行くのはどの店ですか。

男：今日は何買うの？

女：私の靴と、あなたのシャツ。それから、野菜も要るわね。

男：野菜は一番最後だよね。

女：そうね。先に靴を買って、それからシャツを買いましょう。

男：あ、俺、本屋に行きたいな。

女：それはシャツを買ったあとね。

三番目に行くのはどの店ですか。

🖊 解析

・先に靴を買って、それからシャツを買いましょう。（先買鞋子然後再買襯衫吧！）

・俺、本屋に行きたいな。（我·想去書店。）

6ばん──2　　　　🎧 MP3 3-6

先生と学生が話しています。宿題は何番ですか。

女：それでは、残りの時間で1番から3番までやりましょう。

男：先生、多いですよ。時間がありません。

女：じゃあ、2番だけ。

男：やった！先生はいい人です。

女：あとの部分は家でやってきてください。

男：えーっ。

宿題は何番ですか。

🖊 解析

・残りの時間で1番から3番までやりましょう。（剩下的時間就從第1題做到第3題。）

・やった！先生はいい人です。（太棒了！老師人真好。）

・あとの部分は家でやってきてください。（剩下的請回家做。）

7 ばん──1 MP3 3-7

買い物をしています。何を買いました
か。

男：いらっしゃい。何にしますか。
女：そうね。これを3匹ください。
男：はい。3匹。
女：それから、これを4個。
男：ありがとうございます。

何を買いましたか。

 解析

・いらっしゃい。何にしますか。

（歡迎光臨，您要什麼？）

もんだい2

1 ばん──2  MP3 3-8

女の人が男の人に話しています。女の人
の本はどこにありますか。

女：ね、ちょっと手が届かないから、
　　一番上の段の本を取ってくれ
　　る？
男：一番上？
女：うん。ちょっと厚いから、重い
　　んだけど、お願いします。
男：一番上は薄い本はあるけど、厚
　　いのはないよ。
女：へえ、そうなの。あ、ごめん。
　　一番下だ。

女の人の本はどこにありますか。

 解析

・ちょっと手が届かないから、一
　番上の段の本を取ってくれる？
　（我的手沒辦法拿到最上面一層
　的書，可以幫我拿嗎？）

言語知識（文字・語彙）

言語知識（文法）・讀解

聽解

2ばん──3 MP3 3-9

男の人と女の人が話しています。男の人と女の人は何を食べていますか。

男：さあ、食べよう。あ、これ切らないと食べられないね。ナイフ持ってきて。

女：はい。

＊＊＊＊＊＊＊＊＊

女：はい、ナイフ。フォークも持ってきたよ。

男：あ、ありがとう。

女：うわあ～

男：このソースをかけると、もっとおいしくなるよ。

女：あつい！

男：熱いから気をつけて。

男の人と女の人は何を食べていますか。

 解析

・これ切らないと食べられないね。（這個沒切的話沒辦法吃。）

・このソースをかけると、もっとおいしくなるよ。（淋上這個醬汁更好吃。）

3ばん──1 MP3 3-10

男の人と女の人が話しています。男の人と女の人は昨日どこへ行きましたか。

女：きのう無事帰れました？

男：うん。ワインを飲んだから、タクシーで帰った。

女：そうですか。たまにはロックもいいですね。

男：そうだね。いい音楽だったね。けっこうお腹いっぱい食べられたし、また今度行こうね。

男の人と女の人は昨日どこへ行きましたか。

解析

・きのう無事帰れました？（昨天平安回到家了嗎？）

・たまにはロックもいいね。（偶而聽聽遙滾樂也不錯。）

・けっこうお腹いっぱい食べられたし、また今度行こうね。（而且吃得很飽，下次再一起去。）

4ばん──3 🎵 MP3 3-11

男の人と女の人が話しています。女の人
の彼氏はどんな人ですか。

男：これ、昨日のパーティーの写
真？

女：うん。そうよ。

男：小林さんの彼氏、写ってる？

女：写ってるよ。眼鏡の人。

男：眼鏡の人？このピアノを弾いて
る人？

女：違うわ。彼はピアノもダンスも
できないの。
歌は上手だけど、昨日は風邪を
引いちゃって、歌えなかったの。

男：そうか。

女の人の彼氏はどんな人ですか。

解析

・小林さんの彼氏、写ってる？
（相片中有拍到小林小姐的男朋
友嗎？）

・歌は上手だけど、昨日は風邪を
引いちゃって、歌えなかった
の。（歌雖然唱得不錯，但是昨
天感冒了，所以沒辦法唱。）

5ばん──1 🎵 MP3 3-12

女の人が男の人と話しています。女の人
は昨日何を買いましたか。

女：昨日デパートでバーゲンやって
たから、すっごく人多かったの。

男：行ったの？

女：うん。もっちろん。
今してるネックレスも、このTシ
ャツもみんな昨日買ったもの。

男：たくさん買ったね。

女：Tシャツがかわいかったから、あ
なたにも一枚買ったわよ。ほら。

男：えっ、ぼくに？あ、ありがとう。

女の人は昨日何を買いましたか。

解析

・昨日デパートでバーゲンやって
たから、すっごく人多かった
の。（昨天百貨公司有拍賣會，
人很多。）

・あなたにも一枚買ったわよ。
（也買了一件給你。）

6ばん——3

 MP3 3-13

男の人と女の人が本を見ながら話しています。二人は空港までどうやって行きますか。

女：あした空港までどうやって行く？

男：歩いて駅まで行って、駅から電車だね。

女：荷物が多いから、駅まで歩くのは大変よ。30分はかかるでしょう。

男：じゃ、駅まではタクシーで行こうか。

女：そうね。そうしよう。

男の人と女の人は空港までどうやって行きますか。

解析

・荷物が多いから、駅まで歩くのは大変よ。（行李很多，走路到車站很辛苦。）

・駅まではタクシーで行こうか。（搭計程車到車站吧。）

もんだい3

1ばん——2

MP3 3-14

道を案内しています。何と言いますか。

1 それでは、いってらっしゃい。

2 郵便局ですか。この道をまっすぐ行くと右にありますよ。

3 あぶないから、車に気をつけて。

解析

1 それでは、いってらっしゃい。（那麼，請慢走。）

2 郵便局ですか。この道をまっすぐ行くと右にありますよ。（郵局嗎？這條路直走，在右手邊的位置。）

3 あぶないから、車に気をつけて。（很危險，請留意車子。）

2ばん──1　🎧 MP3 3-15

買い物をしています。何と言いますか。

1　すみません。これ100グラムください。

2　すみません。もう一度お願いします。

3　すみません。ここに書いてください。

 解析

　1 すみません。これ100グラムください。（不好意思，這個請給我100公克。）

　2 すみません。もう一度お願いします。（不好意思，請再一次。）

　3 すみません。ここに書いてください。（不好意思，請寫在這裡。）

3ばん──2　🎧 MP3 3-16

お客さんに料理を薦めています。何と言いますか。

1　こちらはいかがですか。最近若い人に人気の形です。

2　こちらはいかがですか。一番人気のメニューですよ。

3　わたしは日本料理の中でお寿司が一番好きです。

解析

　1 こちらはいかがですか。最近若い人に人気の形です。（這個如何？最近很受年輕人歡迎的形狀。）

　2 こちらはいかがですか。一番人気のメニューですよ。（這個如何？是最受歡迎的料理。）

　3 わたしは日本料理の中でお寿司が一番好きです。（日本料理中我最喜歡壽司。）

言語知識（文字・語彙）

言語知識（文法）・讀解

聽解

4ばん——3 　🔊 MP3 3-17

<ruby>友達<rt>ともだち</rt></ruby>におみやげを<ruby>渡<rt>わた</rt></ruby>しています。<ruby>何<rt>なん</rt></ruby>と<ruby>言<rt>い</rt></ruby>いますか。

1　どうぞ<ruby>上<rt>あ</rt></ruby>がってください。
2　こちらへどうぞ。
3　これ、よかったらどうぞ。

解析

1　どうぞ上がってください。（請進。）

2　こちらへどうぞ。（請往這裡走。）

3　これ、よかったらどうぞ。（這個東西，請拿去用（或吃、喝等）。）

5ばん——3 　🔊 MP3 3-18

<ruby>写真<rt>しゃしん</rt></ruby>を<ruby>説明<rt>せつめい</rt></ruby>しています。<ruby>何<rt>なん</rt></ruby>と<ruby>言<rt>い</rt></ruby>いますか。

1　これはわたしのじゃありませんよ。
2　はい。いいですか。では、<ruby>撮<rt>と</rt></ruby>ります。
3　この<ruby>人<rt>ひと</rt></ruby>は<ruby>鈴木<rt>すずき</rt></ruby>さん。その<ruby>隣<rt>となり</rt></ruby>は<ruby>奥<rt>おく</rt></ruby>さん。

解析

1　これはわたしのじゃありませんよ。（這不是我的。）

2　はい。いいですか。では、撮ります。（可以了嗎？我要拍了。）

3　この人は鈴木さん。その隣は奥さん。（這位是鈴木先生，旁邊是他的夫人。）

もんだい4

1ばん——3 　🔊 MP3 3-19

<ruby>男<rt></rt></ruby>：<ruby>英語<rt>えいご</rt></ruby>は<ruby>日本語<rt>にほんご</rt></ruby>より<ruby>難<rt>むずか</rt></ruby>しいと<ruby>思<rt>おも</rt></ruby>います。

<ruby>女<rt></rt></ruby>：1　そうですね。<ruby>英語<rt>えいご</rt></ruby>は<ruby>簡単<rt>かんたん</rt></ruby>ですね。

　　　2　そうですね。<ruby>日本語<rt>にほんご</rt></ruby>は<ruby>難<rt>むずか</rt></ruby>しいですね。

　　　3　そうですね。<ruby>英語<rt>えいご</rt></ruby>は<ruby>簡単<rt>かんたん</rt></ruby>ではありませんね。

中譯

男：　我覺得英文比日文還難。

女：1　對阿，英文蠻簡單的。

　　2　對阿，日文蠻難的。

　　3　對阿，英文不怎麼簡單。

2ばん——2 　🔊 MP3 3-20

<ruby>女<rt></rt></ruby>：<ruby>家族<rt>かぞく</rt></ruby>は<ruby>果物<rt>くだもの</rt></ruby>が<ruby>好<rt>す</rt></ruby>きではありません。

<ruby>店員<rt>てんいん</rt></ruby>：1　じゃ、リンゴはどうでしょう。
　　　　2　じゃ、<ruby>野菜<rt>やさい</rt></ruby>はどうでしょう。
　　　　3　じゃ、バナナはどうでしょう。

中譯

女：　我們家人的人都不喜歡水果。

男：1　是喔，那喜歡蘋果嗎？

　　2　是喔，那喜歡蔬菜嗎？

　　3　是喔，那喜歡香蕉嗎？

3 ばん──1　 MP3 3-21

女：あの店の料理はどうですか。

男：1　おいしいですよ。

　　2　とおいですよ。

　　3　にぎやかですよ。

中譯

女：那家店的料理怎麼樣？

男：1　蠻好吃的！

　　2　蠻遠的！

　　3　蠻熱鬧的！

4 ばん──2　 MP3 3-22

店員：いらっしゃいませ。

男：1　ただいま。

　　2　チーズバーガーとコーラを
　　　　ください。

　　3　少々お待ちください。

中譯

店員：歡迎光臨。

男：1　回來了。

　　2　請給我起司漢堡和可樂。

　　3　請稍等。

5 ばん──3　 MP3 3-23

女：東京までいくらですか。

窓口の係員：

　　1　時間かかります。

　　2　とても遠いですよ。

　　3　300円です。

中譯

女：到東京的車票要多少錢。

售票口人員：1　要花一個小時。

　　　　　　2　距離相當遠喔。

　　　　　　3　三百日圓。

6 ばん──1　 MP3 3-24

男：お国はどちらですか。

女：1　台湾です。

　　2　台湾大学です。

　　3　アジアです。

中譯

男：請問您來自哪個國家？

女：1　臺灣。

　　2　臺灣大學。

　　3　亞洲。

言語知識（文字・語彙）

言語知識（文法）・讀解

聽解

59

第4回

言語知識（文字・語彙）／35問

もんだい1

1	2	3	4	5	6	7	8	9	10	11	12
2	1	4	4	2	3	4	3	4	1	2	1

もんだい2

13	14	15	16	17	18	19	20
1	2	3	1	3	4	1	3

もんだい3

21	22	23	24	25	26	27	28	29	30
4	1	1	3	2	2	1	4	4	2

もんだい4

31	32	33	34	35
1	2	3	2	4

言語知識（文法）・読解／32問

もんだい1

1	2	3	4	5	6	7	8	9	10	11	12	13	14	15	16
2	3	4	4	4	2	1	3	4	1	2	2	2	2	4	4

もんだい2

17	18	19	20	21
4	2	4	2	1

もんだい3

22	23	24	25	26
4	3	3	1	3

もんだい4

27	28	29
4	4	3

もんだい5

30	31
2	1

もんだい6

32
4

聴解／24問

もんだい1

1	2	3	4	5	6	7
3	2	3	4	1	1	2

もんだい2

1	2	3	4	5	6
2	3	2	4	3	3

もんだい3

1	2	3	4	5
2	3	2	1	1

もんだい4

1	2	3	4	5	6
3	2	3	1	3	1

言語知識（文字・語彙）

もんだい1

1 2 切符をかいましたか。
買車票了嗎？

2 1 チンさんに白いシャツをもらいました。
陳小姐給我白色襯衫。

3 4 まいにち、卵をひとつたべます。
每天吃一顆蛋。

4 4 しゃしんを撮りましょうか。
要不要拍個照呢？

5 2 灰皿はつくえのうえにあります。
煙灰缸在桌上。

6 3 かれは時々がっこうをやすみます。
他經常請假沒來學校。

7 4 りんさんはあのかいしゃで働いています。
林先生任職於那間公司。

8 3 かのじょは外国人とけっこんします。
她將和外國人結婚。

9 4 このとけいは高くありません。やすいです。
這個時鐘不貴。很便宜。

10 1 まいばん、りょうしんはいぬの散歩をしています。
每天晚上爸媽都會去蹓狗。

11 2 このへやから川がみえます。
從這個房間可以看得到河川。

12 1 夕方うみへいきました。
傍晚去了海邊。

もんだい2

13 1 写真を封筒に入れます。
將照片放到信封裡。

14 2 ハンカチを洗いました。
洗了手帕。

15 3 コーヒーに砂糖を入れます。
在咖啡中加入糖。

16 1 フォークでくだものを食べます。
用叉子吃水果。

17 3 鉛筆で書いてください。
請用鉛筆來寫。

18 **4** <u>タクシー</u>で病院へ行きました。
びょういん い
搭<u>計</u>程車去醫院。

19 **1** <u>郵便局</u>へ行きます。
ゆうびんきょく い
去<u>郵局</u>。

20 **3** <u>ズボン</u>を買います。
か
買<u>褲子</u>。

もんだい3

21 **4** 門上貼紅紙。
1 花費（～がかかります）
2 知道
3 畫
4 貼

22 **1** 在公園走路。
1 在～走路
2 進入（～にはいります）
3 放入
4 玩

23 **1** 開燈。
1 開燈
2 燈亮（でんきがつきます）
3 掛
4 花費（～がかかります）

24 **3** 與她拍照片。
1 掛
2 花費（～がかかります）
3 拍照
4 停

25 **2** 穿裙子。
1 畫
2 穿裙子
3 知道
4 貼

26 **2** 今天很冷。
1 好天氣
2 冷
3 溫暖
4 雨天

27 **1** 從銀行的自動提款機領錢出來。
1 領錢
2 給
3 製造
4 下（雨、等）

28 **4** 請將蛋糕切一半。
1 使用
2 接受
3 清洗
4 切割

29 **4** 簡單的考試。
1 便宜的
2 困難的
3 低的
4 簡單的

30 **2** 從大學畢業。
1 進入（大学にはいります：入學）
2 畢業（～を卒業します）
3 去（～にいきます）
4 放入

言語知識（文字・語彙）

言語知識（文法）・讀解

聽解

もんだい 4

31 **1** 讀完書之後去洗澡。

1　洗澡前先讀書。

2　讀書前先洗澡。

3　不去洗澡來讀書。

4　洗完澡後來讀書。

32 **2** 明天請六點前起床。

1　明天請六點過後起床。

2　明天請六點之前起床。

3　明天請六點過後睡覺。

4　明天請六點之前睡覺。

33 **3** 不認真點不行啊。

1　請不要弄小。

2　請弄大一些。

3　請好好加油。

4　不用加油也沒關係喔。

34 **2** 那個課很無趣。

1　那個課有一些有趣。

2　那個課不怎麼有趣。

3　那個課普通有趣。

4　那個課非常有趣。

35 **4** 山田先生任職於那所學校。

1　山田先生是那所學校的學生。

2　山田先生在那所學校唸書。

3　山田先生住在那所學校。

4　山田先生在那所學校工作。

言語知識（文法）・読解

もんだい1

1 **2**　我來自臺灣。

1　（無此接續用法）

2　「から」表示起點。

3　（無此接續用法）

4　（無此接續用法）

2 **3**　大象的鼻子長。

1　「を」表示動作的對象，後接他動詞。

2　「へ」表示動作移動的方向。

3　「〜は〜が」是對整體中的某一部分進行說明，「は」的前面放主語或主題。「が」的前面則是針對主語或主題所做的說明。

4　「に」表示存在的位置。

3 **4**　打掃過了，飯也做了。

1　（無此接續用法）

2　「が」表示主語，例：あの部屋がえいごのきょうしつです。

3　「は」主題，例：お国はどちらですか。

4　「も」表示並列

4 **4**　想吃壽司。

1　（無此接續用法）

2　（無此接續用法）

3　（無此接續用法）

4　「食べ~~ます~~＋たい」表示想吃多用於第一人稱。

5 **4**　我現在住在高雄。

1　（無此接續用法）

2　（無此接續用法）

3　（文法接續錯誤）表示過去住過的地方是「住んでいたところ」。

4　「でいる」表示現在正進行的狀態。

6 **2**　爸爸一整天都在工作。

1　「とき」即表示「〜的時候」，前接各類詞所修飾的名詞。

2　「じゅう」前接場所名詞，表示其場所範圍內之全部。前接有「一」的時間或期間名詞時，表示「在某個期間一直」。

3　「など」前接名詞，表示列舉。相當於「等等」之意。

4　「ごろ」前接表示時間點的名詞，相當於「左右」之意。

7 **1**　今天是星期六，所以郵局是不上班的。

1　表示原因理由的「から」，名詞接續時需加だ。

2　（文法接續錯誤）

3　（文法接續錯誤）

4　（文法接續錯誤）

言語知識（文字・語彙）

言語知識（文法）・讀解

聽解

8 3 A「昨天上去晴空塔。」

B「怎麼樣呢？」

A「夜景很漂亮。」

1 （文法變化錯誤）

2 （文法變化錯誤）

3 「きれいでした」是「きれい」的過去式。

4 （文法變化錯誤）

9 2 A「我的身體的狀況不好耶。」

B「從什麼時候開始的呢？」

1 「か」用於句尾表示疑問。

2 前接表示原因理由的說明句子，相當於「因為～」。
後面的會話常會被省略。

3 「で」表示場所範圍助詞。也可用來表示手段或工具。

4 「に」表示存在的位置或方向移動的助詞。

10 4 我不太看日本的電影。

1 「たくさん」是副詞，表示「很多」之意。

2 「よく」是副詞，表示程度，有「經常・好好的」之意。

3 「とても」是副詞，表示程度，有「很・非常」之意。

4 「あまり」是副詞，後接否定變化表現，表示「不太～」之意。

11 1 昨天因為生病所以跟學校請假。

1 表示事情發生的原因理由，相當於「因為～所以」。通常會接續結果不是很理想或出乎意料的事情。

2 「AとB」表示A和B。

3 「は」的前面放主語或主題。

4 「に」表示存在的位置或方向移動的助詞。

12 2 一起買的話會比較便宜。

1 （無此接續用法）

2 「たら」表示假設（如果～的話）。

3 （無此接續用法）

4 （無此接續用法）

13 2 昨天只有睡兩個小時。

1 （無此接續用法）

2 「しか」前接名詞或數量詞，與否定「ない」相呼應。

3 （無此接續用法）

4 （無此接續用法）

14 2 你喜歡哪種料理呢。

1 什麼

2 哪種

3 哪位

4 哪個

15 4 不可以在這裏拍照。

1 「如果拍的話」（語意不合）

2 「因為要拍」（語意不合）

3 （無此接續用法）

4 「V＋てはいけません」表示不可以。

16 **4** 請把房間弄亮一些。
1 （無此接續用法）
2 （無此接續用法）
3 （無此接續用法）
4 「あかる~~い~~+く+する」表示
弄亮。

もんだい2

17 **4** 危ないですから、この　ボタ
ンには　 3 　ぜったい　 1
さわって　 4 　は　 2 　いけ
ません。
因為很危險絕對不可以碰這個按鈕。

 解析
・～V＋てはいけません（不可以
做～事）

18 **2** 「すみません、駅　 4 　へ
3 　行きたい　 2 　んです
1 　が。道を　教えて　くだ
さいませんか。」
不好意思，我想去車站能告訴我怎
麼走嗎？

解析
・V辭書形/名詞/ナ形容詞語幹
＋んです（提示話題的主旨）

19 **4** その　橋を　わたって、 2
七分　 3 　ぐらい　 4 　歩い
て　 1 　いく　と、郵便局に
着きます。
過了那座橋步行大約七分鐘左右就
到郵局了。

解析
・「數量詞＋ぐらい」表示大約
・「歩いていく」表示往～方向走
去

20 **2** 早めに　 2 　行かないと　 4
席　 3 　が　 1 　なくなっ
て　座れません。
不早點去的話就會沒有位子坐。

解析
・～V＋と（表示如果～話）
・席がなくなって（位子就沒了）

21 **1** A「あした、試験が　あるから、
3 　遅刻　 2 　しない　 1
ほいが　 4 　いい　ですよ」。
B「わかって　いますよ」。
A 「明天因為有考試最好不要遲到
比較好。」
B 「我知道了。」

解析
・V＋ないほいがいい（建議不要
做～事比較好）

言語知識（文字・語彙）

言語知識（文法）・讀解

聽解

もんだい3

22 **4**

1　とります（拍照）

2　とりません（不拍照）

3　とるんです（要拍照）

4　趣味は～Ｖ＋こと　です（表示興趣是做～事情）

23 **3**

1　から（從～表示開始）

2　は（是～表示主題）

3　に（給～人表示動作的對象）

4　を（接續他動詞）

24 **3**

1　だんだん（漸漸的）

2　たぶん（大概）

3　みんな（大家）

4　だいぶ（相當）

25 **1**

1　べんきょうしなければなりません（必須唸書）

2　べんきょうしなくてもいいです（不唸書也沒關係）

3　べんきょうしたほうがいいです（唸了書比較好）

4　べんきょうしないほうがいいです（不唸書比較好）

26 **3**

1　たのしみでした（曾經期盼過）

2　たのしかったです（很愉快的過去式）

3　たのしみです（很期盼）

4　たのしいです（很愉快的現在式）

もんだい4

（1）

27 **4**　跟上海相比，垃圾較少。

題目中譯　原宿是什麼樣的地方？

解析

・初めて原宿に行きました。（第一次去原宿。）

・上海の南京路と同じぐらい。（與上海的南京路差不多一樣。）

・道にゴミが全然落ちていませんでした。（路上完全沒有垃圾掉落。）

（2）

28 **4** 放入冰箱比較好。

 正確的內容是哪一個？

 解析

・お菓子の袋に書いてある説明です。（餅乾袋上的說明。）

・温度の高いところに長い時間置かないでください。（請不要長時間放在高溫處。）

・水に濡らさないでください。（請不要（使餅乾）進水。）

・作ってから3か月以内に食べてください。（請於製造後3個月內食用完畢。）

・一度袋を開けたらできるだけはやく食べてください。（一旦開封請儘早食用完畢。）

・つめたい水で冷やします。（用冷水冰鎮。）

（3）

29 **3** 6點20分

 井上先生幾點到達品川車站？

 解析

・やくそくの時間は6時だったよね。（之前跟你約好6點見面。）

・その10分前に品川駅につく新幹線にのった。（我搭乘（比約定的時間）早10分鐘抵達品川車站的新幹線。）

・風がつよくて新幹線が30分おくれています。（因強風的關係，新幹線目前晚30分鐘。）

・さきにレストランに行ってください。（請先到餐廳去。）

もんだい 5

30　2　因為這位很普通的中年婦女說「想成為歌手」。

題目中譯 觀眾為什麼要嘲笑？

31　1　成為歌手。

題目中譯 這位女性最後成為什麼？

大意

　　有一位女性參加英國電視節目選秀，她並不年輕也不漂亮，她告訴大家她的夢想是成為歌手，觀眾們都嘲笑她。但是觀眾聽了這位女性的歌後都非常驚訝，因為她的歌聲非常優美。後來，世界各地許多人都透過網路看這個節目，這名女性因此成名，也實現了夢想。

解析

・「あなたのゆめは何ですか」と聞かれて（被問到「你的夢想是什麼？」）

・若くもないし美人でもありませんでした。（既不年輕也不是美女。）

・すべての人が立ち上がって拍手しました。（全部的人起立鼓掌。）

もんだい 6

32　4　星期四的第 7 節和第 8 節

題目中譯 麥克同學什麼時候可以與山中老師商量？

解析

・留学生のマイクさんは山中先生とそうだんがしたいです。（留學生麥克想和山中老師商量事情。）

・しかし、マイクさんは 8 時間目がおわるとすぐに家に帰ります。（但是，麥克於第 8 節結束後要馬上回家。）

・金曜日の午後アルバイトがあります。（星期五下午要打工。）

聴解

もんだい1

1ばん――3

MP3 4-1

<ruby>旅行<rt>りょこう</rt></ruby>の<ruby>話<rt>はなし</rt></ruby>をしています。<ruby>男<rt>おとこ</rt></ruby>の<ruby>人<rt>ひと</rt></ruby>はいつ<ruby>帰<rt>かえ</rt></ruby>ってきますか。

女：<ruby>台湾<rt>たいわん</rt></ruby>に<ruby>旅行<rt>りょこう</rt></ruby>に<ruby>行<rt>い</rt></ruby>くんだって？<ruby>何<rt>なん</rt></ruby><ruby>日<rt>にち</rt></ruby>ぐらい<ruby>行<rt>い</rt></ruby>くの？

男：<ruby>金曜日<rt>きんようび</rt></ruby>から<ruby>三日間<rt>みっかかん</rt></ruby>。<ruby>台北<rt>たいぺい</rt></ruby>とその<ruby>近<rt>ちか</rt></ruby>くだけ。

女：お<ruby>土産<rt>みやげ</rt></ruby>よろしくね。

<ruby>男<rt>おとこ</rt></ruby>の<ruby>人<rt>ひと</rt></ruby>はいつ<ruby>帰<rt>かえ</rt></ruby>ってきますか。

解析

・<ruby>台湾<rt>たいわん</rt></ruby>に<ruby>旅行<rt>りょこう</rt></ruby>に<ruby>行<rt>い</rt></ruby>くんだって？

（聽說你要去臺灣旅行？）

・<ruby>金曜日<rt>きんようび</rt></ruby>から<ruby>三日間<rt>みっかかん</rt></ruby>。（從星期五起三天。）

・<ruby>台北<rt>たいぺい</rt></ruby>とその<ruby>近<rt>ちか</rt></ruby>くだけ。（只去台北和那附近。）

2ばん――2

MP3 4-2

<ruby>女<rt>おんな</rt></ruby>の<ruby>人<rt>ひと</rt></ruby>と<ruby>男<rt>おとこ</rt></ruby>の<ruby>人<rt>ひと</rt></ruby>が<ruby>話<rt>はな</rt></ruby>しています。<ruby>女<rt>おんな</rt></ruby>の<ruby>人<rt>ひと</rt></ruby>はどの<ruby>猫<rt>ねこ</rt></ruby>をもらいますか。

女：うわぁ、どの<ruby>子猫<rt>こねこ</rt></ruby>もかわいいですね。

男：<ruby>黒<rt>くろ</rt></ruby>い<ruby>猫<rt>ねこ</rt></ruby>が<ruby>欲<rt>ほ</rt></ruby>しかったんだよね。

女：はい。

男：<ruby>二匹<rt>にひき</rt></ruby>いるけど、どっちがいい？

女：<ruby>足<rt>あし</rt></ruby>だけ<ruby>白<rt>しろ</rt></ruby>いのがいいかな。

<ruby>女<rt>おんな</rt></ruby>の<ruby>人<rt>ひと</rt></ruby>はどの<ruby>猫<rt>ねこ</rt></ruby>をもらいますか。

解析

・<ruby>黒<rt>くろ</rt></ruby>い<ruby>猫<rt>ねこ</rt></ruby>が<ruby>欲<rt>ほ</rt></ruby>しかったんだよね。（你（之前說）想要黑貓，是吧。）

・<ruby>足<rt>あし</rt></ruby>だけ<ruby>白<rt>しろ</rt></ruby>いのがいいかな。（只有腳是白色的（那隻貓）比較好。）

言語知識（文字・語彙）

言語知識（文法）・讀解

聴解

3ばん——3

 MP3 4-3

女の人と男の人が話しています。男の人は明日何に乗りますか。

女：太田さん、明日の出張、何時の飛行機？

男：いや、僕、飛行機は苦手なんだ。それに、鉄道が好きだし。

女：四時間もかかるよ。

男：途中で弁当を食べるのも楽しみなんだ。

男の人は明日何に乗りますか。

解析

- 僕、飛行機は苦手なんだ。それに、鉄道が好きだし。（我對飛機不太行，而且比較喜歡鐵路交通。）

- 途中で弁当を食べるのも楽しみなんだ。（而且也期待在途中吃便當。）

4ばん——4

 MP3 4-4

先生と生徒が話しています。生徒は何のスポーツをしますか。

女：ハンス君、せっかく日本の高校に留学したんだから、何かスポーツをやらない？

男：はい。僕もそう思っているんですけど、みんなでやるスポーツは苦手で…。

女：じゃあ、水泳はどう？

男：僕、泳ぐことができないんです。あ、でも、これなら…

生徒は何のスポーツをしますか。

解析

- 僕もそう思っているんですけど、みんなでやるスポーツは苦手で…。（我也這麼認為，但是我不擅長和大家（許多人）一起做運動…。）

- でも、これなら…。（不過，如果是這個的話…（我可以做）。）

5 ばん——1

 MP3 4-5

売り場の説明をしています。男の人は、最初に何を買いますか。

男：コンピューター売り場は6階ですか。

女：はい。6階です。

男：財布は何階ですか。

女：4階です。

男：ええと、雑誌とCDは…

女：8階と7階です。

男：じゃあ、上から順に見ていこうかな。

男の人は、最初に何を買いますか。

 解析

・上から順に見ていこうかな。
（從上面的樓層開始一一看吧。）

6 ばん——1

 MP3 4-6

男の人が説明しています。どんな運動をしますか。

男：右足をまっすぐ伸ばしたまま、できるだけ上げてください。そのまま両手を肩の高さまで横に上げてください。そして、左足をゆっくり曲げたり伸ばしたりします。

どんな運動をしますか。

 解析

・右足をまっすぐ伸ばしたまま、できるだけ上げてください。
（右腳保持直伸的狀態儘可能往上抬。）

・そのまま両手を肩の高さまで横に上げてください。（保持那樣的狀態將雙手往兩側抬至與肩同高。）

・左足をゆっくり曲げたり伸ばしたりします。（左腳慢慢一曲一伸。）

言語知識（文字・語彙）

言語知識（文法）・讀解

聽解

7ばん——2

 MP3 4-7

料理をしています。三番目に入れるのは何ですか。

男：ここで醤油を入れるんだよね？

女：砂糖が先よ。

男：そのあと醤油か。

女：違います。次は塩。醤油はそのあと。

男：味噌は？

女：今日は入れません。

三番目に入れるのは何ですか。

解析

・砂糖が先よ。（先放糖。）

・次は塩。醤油はそのあと。（接下來放鹽，醤油在那之後才放。）

もんだい2

1ばん——2

 MP3 4-8

男の人と女の人が話しています。電話番号は何番ですか。

女：田中さん、前一緒に行ったピザの店の電話番号を知ってますか。

男：あのピザの店ですか。

女：はい。

男：ちょっと待ってください。えーと、3598－4539です。

女：3591の…

男：いいえ、3598－4539です。

女：はい、どうもありがとう。

電話番号は何番ですか。

解析

・前一緒に行ったピザの店の電話番号を知ってますか。（你知道上次一起去的那家披薩店的電話號碼嗎？）

2ばん──3

🎵 MP3 4-9

男の人と女の人が話しています。女の人はこれから何をしますか。

女：お先に失礼します。

男：えっ？もう帰るんですか。

女：ええ、今日はピアノのレッスンがありますから。

男：へえ、ピアノを始めたんですか。

女：ええ、今日は初めての授業です。7時までに先生の家へ行かなければならないんですけど、晩ご飯を食べてから行きます。

女の人はこれから何をしますか。

解析

・お先に失礼します。（我先離開了。）

・今日はピアノのレッスンがありますから。（今天要上鋼琴課。）

3ばん──2

🎵 MP3 4-10

男の人と女の人が話しています。女の人はどんなかばんを買いますか。

男：こちらの大きいのはいかがですか。小さいボタンが二つ付いていて、かわいいですよ。

女：そうですね。大きいのはいろいろな物が入るけど、近くに買い物に行くときはやっぱり小さいほうが便利ですね。こちらにします。

女の人はどんなかばんを買いますか。

解析

・小さいボタンが二つ付いていて、かわいいですよ。（有兩個小紐扣・很可愛。）

・大きいのはいろいろな物が入るけど、近くに買い物に行くときはやっぱり小さいほうが便利ですね。（雖然大的（包包）可以放許多東西，但是到附近買東西時還是小的（包包）比較方便。）

言語知識（文字・語彙）

言語知識（文法）・讀解

聴解

4ばん──4

MP3 4-11

男の人と女の人がカレンダーを見ながら話しています。二人はいつ京都へ行きますか。

女：ねえ、お花見はいつ行く？

男：土・日はホテルが混むから、平日にしようか。

女：そうね。私はギターのレッスンが月・水で、火曜日は料理教室だから、木、金はどう？

男：ぼく、木曜日は残業があるから、無理だよ。やっぱり平日はやめようか。

女：そうね。ホテルは混むけど、しょうがないね。

男の人と女の人はいつ京都へ行きますか。

 解析

・土・日はホテルが混むから、平日にしようか。（星期六日飯店人較多，所以還是選平日吧！）

・ホテルは混むけど、しょうがないね。（雖然飯店人較多，但是沒辦法。）

5ばん──3

MP3 4-12

男の人と女の人が話しています。男の人は来週どこへ出張しますか。

女：鈴木さんは来週も出張ですね。

男：ええ。

女：先週は大阪でしたね。来週はどこですか。

男：来週は京都です。その次は東京です。

女：へえ、再来週もあるんですか。大変ですね。

男の人は来週どこへ出張しますか。

解析

・鈴木さんは来週も出張ですね。（鈴木先生下週也要出差。）

・その次は東京です。（在那之後是東京。）

6ばん──3

 MP3 4-13

男の人と女の人が話しています。男の人
の誕生日はいつですか。

男：佐藤さん、お誕生日、おめでと
　　う。はい、プレゼントと花。

女：ありがとう。きれいな花ですね。

男：佐藤さんの誕生日は3月ですか
　　ら、この花を選びました。

女：ありがとう。鈴木さんの誕生日
　　はいつですか。

男：ぼくですか。ぼくは来月10日で
　　す。

女：来月ですか。もうすぐですね。

男の人の誕生日はいつですか。

解析

- 佐藤さんの誕生日は3月ですか
　ら、この花を選びました。（佐
　藤小姐的生日是3月，所以我選
　了這種花。）

もんだい3

1ばん──2

MP3 4-14

予定を説明しています。何と言います
か。

1　5月5日は子供の日です。

2　5月5日は休みだから、実家に
　　帰ろうと思っています。

3　それでは、5月5日に会いまし
　　ょう。

解析

1　5月5日は子供の日です。（5
　　月5日是兒童節。）

2　5月5日は休みだから、実家に
　　帰ろうと思っています。（5月
　　5日是假日，我打算回老家。）

3　それでは、5月5日に会いまし
　　ょう。（那麼，我們5月5日見。）

言語知識（文字・語彙）

言語知識（文法）・讀解

聽解

77

2ばん——3　　🎧 MP3 4-15

電車に乗りました。知らない人の隣に席があります。何と言いますか。

1　どうも、お久しぶりです。

2　どうぞ、どうぞ。

3　すみません。ここ、あいてますか。

解析

1　どうも、お久しぶりです。（你好，好久不見。）

2　どうぞ、どうぞ。（請、請（用、吃、喝、等）。）

3　すみません。ここ、あいてますか。（請問，這位子是空的嗎？）

3ばん——2　　🎧 MP3 4-16

今日は仕事が早く終わりました。家へ帰ります。何と言いますか。

1　今日は早いね。

2　お先に失礼します。

3　ただいま。

解析

1　今日は早いね。（今天好早喔。）

2　お先に失礼します。（我先離開了。）

3　ただいま。（我回來了。）

4ばん——1　　🎧 MP3 4-17

図書館のルールを説明しています。何と言いますか。

1　水はいいですけど、ジュースなどは持って入ってはいけません。

2　あちらのコンピューターで調べられますよ。

3　はい、どうぞお入りください。

解析

1　水はいいですけど、ジュースなどは持って入ってはいけません。（水沒有關係，但是禁止攜帶果汁等進入（圖書館）。）

2　あちらのコンピューターで調べられますよ。（那邊的電腦可以查詢。）

3　はい、どうぞお入りください。（請進。）

5ばん——1　　MP3 4-18

友達の家に電話しました。友達と話したいです。何と言いますか。

1　すみません。佐藤尚子さん、お願いします。
2　それでは失礼します。
3　はい、佐藤です。

解析

1　すみません。佐藤尚子さん、お願いします。（不好意思，我找佐藤尚子小姐。）

2　それでは失礼します。（那麼我先告辭了。）

3　はい、佐藤です。（你好，我是佐藤。）

もんだい4

1ばん——3　　MP3 4-19

男：仕事はどうですか
女：1　とても暑いです。
　　2　わたしは二十歳です。
　　3　とても忙しいです。

中譯

男：工作做得如何？

女：1　非常的熱。

　　2　我二十歲。

　　3　非常忙碌。

2ばん——2　　MP3 4-20

男：今日は寒いですね。
女：1　お国はどちらですか。
　　2　窓を閉めましょうか。
　　3　わたしも買いたいです。

中譯

男：今天好冷喔。

女：1　您來自哪個國家？

　　2　把窗戶關起來吧。

　　3　我也想買。

3ばん——3　　MP3 4-21

女：あの方はどなたですか。
男：1　はい、わたしは加藤です。
　　2　全部で千円です。
　　3　田中さんです。

中譯

女：那個人是哪一位？

男：1　對，我是加藤。

　　2　全部是一千日圓。

　　3　是田中先生。

言語知識（文字・語彙）

言語知識（文法）・讀解

聽解

4ばん——1
MP3 4-22

女：それはどこの車ですか。

男：1　ドイツの車です。
　　2　先生の車です。
　　3　それは弟です。

中譯

女：那是哪裏的車？

男：1　德國的車。

　　2　老師的車。

　　3　那是我弟弟。

5ばん——3
MP3 4-23

女：どのぐらい東京にいますか。

男：1　二人います。
　　2　一匹います。
　　3　十日間います。

中譯

女：要在東京待多久呢？

男：1　有兩個人。

　　2　有一隻。

　　3　待十天。

6ばん——1
MP3 4-24

男：ここに名前と住所を書いてくだ
　　さい。

女：1　はい、わかりました。
　　2　はい、いきました。
　　3　はい、どなたですか。

中譯

男：　請在這裏寫上你的姓名和地址。

女：1　好的、了解了。

　　2　好的、去了。

　　3　好的、是哪一位呢？

第5回

言語知識（文字・語彙）／35問

もんだい1

1	2	3	4	5	6	7	8	9	10	11	12
2	4	1	3	4	2	1	4	2	3	2	1

もんだい2

13	14	15	16	17	18	19	20
2	1	4	2	3	4	1	3

もんだい3

21	22	23	24	25	26	27	28	29	30
2	4	3	1	2	4	1	3	2	2

もんだい4

31	32	33	34	35
2	3	4	1	3

言語知識（文法）・読解／32問

もんだい1

1	2	3	4	5	6	7	8	9	10	11	12	13	14	15	16
1	3	3	4	1	3	2	4	4	2	3	1	2	4	4	2

もんだい2

17	18	19	20	21
1	3	3	4	3

もんだい3

22	23	24	25	26
3	1	2	4	1

もんだい4

27	28	29
1	2	3

もんだい5

30	31
4	3

もんだい6

32
4

聴解／24問

もんだい1

1	2	3	4	5	6	7
1	3	4	4	2	3	1

もんだい2

1	2	3	4	5	6
2	3	2	4	1	3

もんだい3

1	2	3	4	5
3	3	1	2	1

もんだい4

1	2	3	4	5	6
3	2	2	1	3	3

言語知識（文字・語彙）

もんだい1

1 2 新_{あたら}しいパソコンですね。
是新的電腦啊。

2 4 必_{かなら}ずいきます。
一定會去。

3 1 電気_{でんき}をけしてください。
請關燈。

4 3 かれは明_{あか}るい人です。
他是個開朗的人。

5 4 赤_{あか}いくつがほしいです。
想要紅色的鞋。

6 2 へんな人_{ひと}がいますね。
有奇怪的人呢。

7 1 しけんのじかんをお知_しらせします。
通知考試的時間。

8 4 スピートが速_{はや}いですね。
好快的速度喔。

9 2 ご都合_{つごう}はいかがですか。
您的時間方便嗎？

10 3 このりんごは甘_{あま}いです。
這個蘋果是甜的。

11 2 バスに乗_のります。
搭乘巴士（公車）。

12 1 きょうは暑_{あつ}いです。
今天很熱。

もんだい2

13 2 にほんごが上手_{じょうず}です。
日語很棒。

14 1 きょうは寒_{さむ}いですね。
今天很冷耶。

15 4 あのホテルはゆうめいです。
那間飯店很有名。

16 2 ぜひ遊_{あそ}びにいきたいです。
我想我一定會去玩。

17 3 財布_{さいふ}がなくなりました。
錢包不見了。

18 4 お元気_{げんき}ですか。
你好嗎？

19 1 へやにテレビがあります。
房間裏有電視。

20 3 外_{そと}でまちましょう。
我們在外面等吧。

もんだい3

21 **2** 我喜歡的運動是棒球。
1 湯匙
2 棒球
3 餐廳
4 鋼琴

22 **4** 在房間裏。
1 要
2 看
3 見面
4 在

23 **3** 關掉電燈。
1 做
2 轉乘
3 關掉
4 看的見

24 **1** 爺爺家有一隻貓。
1 一隻
2 一張
3 一件
4 一個人

25 **2** 請不要在這裏洗杯子。
1 不開（電器用品）
2 不洗
3 不笑
4 不喝

26 **4** 昨天雨下的很大。
1 很熱（過去式）
2 很冷（過去式）
3 熱　（現在式）
4 很大（很強）

27 **1** 下電車。
1 下電車
2 進去
3 彈奏
4 買

28 **3** 這張桌子雖然很舊，卻非常牢固耐用。
1 沒問題
2 方便
3 牢固
4 棒

29 **2** 已經很晚了，不要看電視。
1 雜誌
2 電視
3 照片
4 漫畫

30 **2** 有點冷呢。請把窗關上。
1 關（自動詞　～が　しまって）
2 關（他動詞　～を　しめて）
3 打開
4 洗

もんだい4

31 **2** 請把開關打開。
1 請把開關。
2 開關請打開。
3 請看開關。
4 請經過開關。

32 **3** 那裡是運動場。
1 在那裏有傘和鞋子。
2 在那裏借辭典和書。
3 在那裏打棒球和踢足球。
4 在那裏可以買麵包。

33 **4** 請洗滌襯衫。

　　1　請買襯衫。

　　2　請借我襯衫。

　　3　請切斷襯衫。

　　4　請清洗襯衫。

34 **1** 瑪麗亞小姐是留學生。

　　1　瑪麗亞小姐是來唸書的。

　　2　瑪麗亞小姐是來教書的。

　　3　瑪麗亞小姐是來買東西的。

　　4　瑪麗亞小姐是來旅行的。

35 **3** 學校的庭院很漂亮。

　　1　學校的庭院不明亮。

　　2　學校的庭院不親切。

　　3　學校的庭院不髒亂。

　　4　學校的庭院不大。

言語知識（文法）・読解

もんだい1

1 1　在書店買了雜誌和小說。

1　「や」表示並列。

2　（無此接續用法）

3　（無此接續用法）

4　（無此接續用法）

2 3　明天必須要交今井老師的報告。

1　（無此接續用法）

2　出す（交）

3　「Ｖ＋なければならない」表示必須要做～事。

4　出そう（交吧）

3 3　A「上星期的慶生會過的怎麼樣呀？」

B「玩的很愉快盡興。」

1　（無此接續用法）

2　（無此接續用法）

3　「たのしかったです」表示過的很愉快盡興。

4　（無此接續用法）

4 4　想從事什麼樣的學習呢？

1　「どこ」表示哪裏。

2　「どちら」表示哪邊。

3　「どなた」表示哪一位。

4　「どんな」表示什麼樣。

5 1　聽到小林先生要結婚的消息。

1　「と」表示內容的引用。

2　（無此接續用法）

3　（無此接續用法）

4　（無此接續用法）

6 3　把千圓紙鈔放進錢包內。

1　（無此接續用法）

2　（無此接續用法）

3　「～を～に入れます」表示把～放進～。

4　（無此接續用法）

7 2　這個工作一切進行的很順利比預定的時間提早結束。

1　「早かった」表示早了（無此接續用法）

2　「早く終わります」表示提早結束。

3　「早い」表示早／快（無此接續用法）

4　（無此接續用法）

8 4　A「今村小姐人在哪裏呢？」

B「在老師的研究室。」

1　（無此接續用法）

2　（無此接續用法）

3　（無此接續用法）

4　「に」表示存在的位置。

言語知識（文字・語彙）

言語知識（文法）・讀解

聽解

85

9 **4** A「明天跟田中學長一起去看電影，一起去嗎？」

B「好啊去吧。」

1 （無此接續用法）

2 （無此接續用法）

3 （無此接續用法）

4 「行こう」是對別人的詢問所做的回應，表示我要去的意志形。

10 **2** 有不懂得地方請向老師請教。

1 （無此接續用法）

2 「に」表示動作的對象。

3 （無此接續用法）

4 （無此接續用法）

11 **3** A「明天的考試是從幾點開始呢？」

B「是上午十點。」

1 「まで」表示範圍。

2 「いくら」表示多少數量。

3 「から」表示開始的時間。

4 （無此接續用法）

12 **1** 從車站開始是搭計程車去學校的。

1 「は」表示對比不是別處是從車站。

2 （無此接續用法）

3 （無此接續用法）

4 （無此接續用法）

13 **2** 因為對身體不好的緣故我覺得還是不要太常吸煙比較好。

1 （無此接續用法）

2 「あまり」後接續否定用法「吸わ＋ないほうがいい」表示不要做吸煙這件事比較好。

3 （無此接續用法）

4 （無此接續用法）

14 **2** 我認為部長的作法太過份。

1 （無此接續用法）

2 「～と思います（我認為）」表示說話者自己的觀點，可直接接續動詞／イ形容詞原形。

3 （無此接續用法）

4 （無此接續用法）

15 **4** 因為下雨運動會改到下週。

1 （無此接續用法）

2 （無此接續用法）

3 （無此接續用法）

4 「で」表示因為什麼原因理由導致～結果的產生。

16 **2** 因為吃了藥所以頭痛症狀好轉。

1 「飲むので」表示因為要吃。

2 「飲んだので」表示因為吃了。

3 「飲みたいので」表示因為想吃。

4 （無此接續用法）

もんだい2

17 **1**　あなたは　どこ　__4__　で
　　__1　それ__　　__2　を__　　__3__
　　買いました　か。

你是在哪裏買那個的呢？

> **解析**
> ・どこで（在哪裏）

18 **3**　つかれて　いる　ときは　__4__
　　むり　__1　しない__　__3　ほうが__
　　__2　いい__　と　思います。

我認為累的時候不要硬撐比較好。

> **解析**
> ・〜Ｖ＋ないほうがいい（表示不
> 　要做〜比較好）

19 **3**　こんどの　パーティーでは
　　__2　みんな__　__4　で__　__3　歌__
　　__1　を__　歌います。

在這次的聚會大家全部要一同唱歌。

> **解析**
> ・みんなで（表示大家全部一起做
> 　〜）

20 **4**　ここは　__2　だれ__　__3　でも__
　　__4　入る__　__1　こと__　が　でき
　　ます。

這裏任何人都可以進來。

> **解析**
> ・Ｖ＋ことができます（表示能夠
> 　做〜）
> ・だれでも（表示任何人都〜）

21 **3**　授業は　__2　できる__　__4　だ__
　　__け__　__3　遅刻__　__1　しないで__
　　ください。

上課時請儘量不要遲到。

> **解析**
> ・しないでください（表示請不要
> 　〜）
> ・できるだけ（表示儘可能）

もんだい3

22 **3**

1　に（表示地方場所）
2　も（也）
3　で（表示手段方法或工具搭乘）
4　へ（往〜去）

23 **1**

1　きれいでした（漂亮的過去式）
2　きれいではありません（不漂
　亮）
3　きれいではありませんでした
　（不漂亮的過去式）
4　きれいなので（因為漂亮）

24 2

1 つくる （做）

2 つくった （做的）

3 つくりたい （想做）

4 つくらない （不做）

25 4

1 おいしくなくて（因為不好吃）

2 おいしかったです（好吃的過去式）

3 おいしくなかったです（不好吃的過去式）

4 おいしくて（表示好吃，おいしい＋くて）

26 1

1 しずかなので（因為安靜）

2 しずかです（安靜）

3 にぎやかなので（因為熱鬧）

4 きたないので（因為骯髒）

もんだい4

（1）

27 1 紅色

題目中譯 從右數過來第三個是什麼顏色？

 解析

・まん中があかで、いちばん左がみどりだったよね。（正中間是紅色，最左邊是綠色的。）

・あかの右側はピンクで、その右がきいろ。（紅色的右側是粉紅色，在它的（粉紅色的）右邊是黃色。）

（2）

28 2 吃完午餐之後

題目中譯 米格爾同學原來打算什麼時候去銀行？

 解析

・郵便局に行く前に銀行に行くのをわすれていた。

（我忘了去郵局以前先去銀行。「～V＋の＋を忘れる」表示忘了做～事情）

（3）

29 3 不能塗抹於眼睛周圍

題目中譯 哪一個是正確的？

 解析

・1日に1回から3回、かゆいところに塗ってください。（一日1到3次塗抹於發癢處。）

・目のまわりや唇には塗らないでください。（請不要塗抹於眼睛四周及嘴唇。）

・もしくすりを塗ったところがあかくなったら、お医者さんとそうだんしてください。（若塗抹處變紅，請向醫師諮詢。）

もんだい 5

30　**4**　記外語單字的方法。

（題目中譯）這篇文章是有關於什麼的內容？

31　**3**　聽了外國話後停 15 秒再覆述。

（題目中譯）這個方法的特徵是什麼？

（大意）

　　學外語時認識的單字太少要寫作文、會話是很困難的。但是，記單字非常辛苦。有一個有趣的記單字方法，首先請別人唸你想記的單字、句子，或是聽錄音帶、CD，聽完後等 15 秒，之後再唸一次單字或句子。重點是不要馬上唸，要停 15 秒之後才唸。

解析

- 外国語をべんきょうしていると（如果在學習外語）

- 知っている単語がすくないと困りますね。（認識的單字太少是很令人困擾的。）

- 15 秒経ったら（經過 15 秒之後）

- 外国語をきいてすぐに発音するのではなく、15 秒まって発音することが重要です。（並非聽了外國話之後馬上發音，重要的是要等待 15 秒之後再發音。）

もんだい 6

32　**4**　B（蔬菜）和 C（肉、魚）和 F（飲料）

（題目中譯）姜先生要去哪個賣場？

解析

- 仕事から帰るときにスーパーで買ってきてください。（下班回家時請到超市買（這些東西）。）

- にんじん（紅蘿蔔）

- たまねぎ（洋蔥）

- じゃがいも（馬鈴薯）

- オレンジジュース（柳橙汁）

- 1 袋（一袋）

- 400 グラム（400 公克）

- 調味料（調味料）

聴解

もんだい1

1ばん——1　🎧 MP3 5-1

Tシャツを選んでいます。男の人はどれを買いますか。

女：これだけはダメです。

男：えーっ。この女の子、かわいいですよ。

女：それより、この英語とか数字のほうがいいんじゃない。

男：こんなの面白くない。これがいいです。

女：なんて書いてあるか分かってるの？

男：ははは。漢字は読めません。でもいいんです。

男の人はどれを買いますか。

🛠 解析

・これだけはダメです。（就這個不行。）

・それより、この英語とか数字のほうがいいんじゃない。（比起那個，這個有英文字或數字的比較好，不是嗎？）

・こんなの面白くない。（像這樣的東西很無趣。）

・なんて書いてあるか分かってるの？（你知道（這裡）寫著什麼嗎？）

・でもいいんです。（不過沒關係。）

2ばん——3　🎧 MP3 5-2

女の人と男の人が話しています。食器をどこに置きますか。

女：置く場所が違いますよ。

男：そうなんですか。

女：食べる人のことを考えれば分かりますよ。いちばんよく持つのはお茶碗ですよね。それに普通は左手で茶碗を持ちますよね。

男：ああ、だからご飯は手前の左側か。

女：おかずは奥ですよ。

男：わかりました。

食器をどこに置きますか。

🛠 解析

・食器をどこに置きますか。（餐具要排放在哪？）

・食べる人のことを考えれば分かりますよ。（只要從用餐的人的角度想就明白。）

・ああ、だからご飯は手前の左側か。（原來如此，所以飯是放在前方左邊的位置。）

・おかずは奥ですよ。（配菜是放在裡面（離用餐者較遠）的位置。）

3ばん——4

MP3 5-3

買い物をしました。お釣りはいくらですか。

女：合計で、405 円になります。

男：じゃあ、これ。

女：500 円のお預かりです。

お釣りはいくらですか。

 解析

- お釣りはいくらですか。（找多少錢？）

- 合計で、405 円になります。（一共是 405 日圓。）

- 500 円のお預かりです。（收您 500 日圓。）

4ばん——4

MP3 5-4

女の人と男の人が話しています。男の人の彼女はどの人ですか。

女：この写真のなかに、岡村さんの彼女がいるんですよね。髪の長い人でしたよね。眼鏡は？

男：かけてない。

女：この人か。かわいい人ですね。

男の人の彼女はどの人ですか。

 解析

- かけてない。（沒戴（眼鏡）。）

5ばん——2

MP3 5-5

飲み物を選んでいます。男の人は何を飲みますか。

男：ワインがビールより高い、というのは分かります。ワインと日本酒が同じ値段というのもまあいいです。でも、どうしてお茶が一番高いんですか。

女：台湾の特別なお茶なんだって。それで、何を飲むの？

男：一番安いのを飲みます。

男の人は何を飲みますか。

解析

- ワインがビールより高い、というのは分かります。（可以理解葡萄酒比啤酒貴。）

- ワインと日本酒が同じ値段というのもまあいいです。（葡萄酒和日本酒價錢相同也可以接受。）

- 台湾の特別なお茶なんだって。（聽說是臺灣特別的茶。）

言語知識（文字・語彙）

言語知識（文法）・讀解

聽解

91

6 ばん——3　　🔊 MP3 5-6

父と娘が話しています。娘が忘れていたのは何ですか。

男：おーい、携帯電話忘れてるよ。

女：あ、ありがとう。

男：他に忘れてるものはないか？ハンカチ持った？家の鍵は？

女：大丈夫。私もう子どもじゃないんだから…。あれ？教科書？

男：ほら、やっぱり。

女：あ、あった。ちゃんと鞄に入れてた。じゃ、行ってきます。

娘が忘れていたのは何ですか。

🔖 解析

・携帯電話忘れてるよ。（忘了帶手機喔！）

・私もう子どもじゃないんだから…。（我已經不是小孩子了所以（不用這樣一一叮嚀）…。）

・ほら、やっぱり。（瞧！果然（忘了）。）

・あ、あった。ちゃんと鞄に入れてた。（阿！有，已經確實放在包包裡了。）

7 ばん——1　　🔊 MP3 5-7

医者と男の人が話しています。男の人はどこが痛いですか。

女：どうしましたか。

男：朝からずっと痛いんです。昨日は何ともなかったのに。

女：昨日は何かありましたか。

男：会社のみんなと食事に行って…ちょっと食べ過ぎたかもしれません。

男の人はどこが痛いですか。

🔖 解析

・昨日は何ともなかったのに。（明明昨天沒有什麼異狀。）

・ちょっと食べ過ぎたかもしれません。（或許是吃過多了。）

もんだい2

1ばん——2

MP3 5-8

男の人と女の人が話しています。図書館は何時から何時までですか。

女：はい、江戸図書館です。

男：すみません。そちらの図書館は朝何時に始まりますか。

女：朝9時半からです。

男：夜は7時までですか。

女：いいえ、8時までです。

男：そうですか。どうもありがとう。

図書館は何時から何時までですか。

解析

- そちらの図書館は朝何時に始まりますか。（請問（你們）圖書館早上從幾點開始？）

2ばん——3

MP3 5-9

男の人と女の人が話しています。男の人は女の人に何をあげましたか。

男：これ、ヨーロッパ旅行のお土産。よかったら、どうぞ。

女：うわあ、すてき！

男：寒い日に使ってください。暖かいですよ。

女：はい。ありがとう。

男の人は女の人に何をあげましたか。

解析

- 寒い日に使ってください。（請在天氣寒冷時使用。）

3ばん——2

MP3 5-10

男の人と女の人が話しています。女の人はドイツでどんな写真を撮りましたか。

男：お客様。この写真、どちらに置きましょうか。

女：そうですね。テレビの横に置いてください。

男：山も花もきれいですね。これはどこですか。

女：去年ドイツへ行った時に撮ったんです。

男：ドイツですか。きれいですね。（独り言）テレビの横…。この辺に置きますね。

女：はい、お願いします。

女の人はドイツでどんな写真を撮りましたか。

解析

- テレビの横に置いてください。（請放在電視機旁邊。）

- 去年ドイツへ行った時に撮ったんです。（去年去德國拍的。）

- この辺に置きますね。（放在這邊喔。）

言語知識（文字・語彙）

言語知識（文法）・讀解

聴解

93

4ばん——4　　　MP3 5-11

<ruby>男<rt>おとこ</rt></ruby>の<ruby>人<rt>ひと</rt></ruby>と<ruby>女<rt>おんな</rt></ruby>の<ruby>人<rt>ひと</rt></ruby>が<ruby>話<rt>はな</rt></ruby>しています。<ruby>男<rt>おとこ</rt></ruby>の<ruby>人<rt>ひと</rt></ruby>は<ruby>何<rt>なに</rt></ruby>を<ruby>買<rt>か</rt></ruby>ってきますか。

男：ああ、おなかすいた。

女：スパゲッティ<ruby>作<rt>つく</rt></ruby>るから、<ruby>待<rt>ま</rt></ruby>っててくださいね。

男：うん。ありがとう。

女：あ、でも、トマトは<ruby>昨日<rt>きのう</rt></ruby>サラダを<ruby>作<rt>つく</rt></ruby>るときに<ruby>使<rt>つか</rt></ruby>っちゃったんだ。

男：<ruby>僕<rt>ぼく</rt></ruby>、<ruby>買<rt>か</rt></ruby>いに<ruby>行<rt>い</rt></ruby>ってくるよ。

女：じゃあ、お<ruby>願<rt>ねが</rt></ruby>いします。

<ruby>男<rt>おとこ</rt></ruby>の<ruby>人<rt>ひと</rt></ruby>は<ruby>何<rt>なに</rt></ruby>を<ruby>買<rt>か</rt></ruby>ってきますか。

解析

・トマトは昨日サラダを作るときに使っちゃったんだ。（蕃茄昨天做生菜沙拉時就用光了。）

5ばん——1　　　MP3 5-12

<ruby>男<rt>おとこ</rt></ruby>の<ruby>人<rt>ひと</rt></ruby>と<ruby>女<rt>おんな</rt></ruby>の<ruby>人<rt>ひと</rt></ruby>が<ruby>話<rt>はな</rt></ruby>しています。<ruby>女<rt>おんな</rt></ruby>の<ruby>人<rt>ひと</rt></ruby>のバッグに<ruby>何<rt>なに</rt></ruby>が<ruby>入<rt>はい</rt></ruby>っていますか。

男：バッグ、<ruby>持<rt>も</rt></ruby>ちましょうか。

女：じゃあ、お<ruby>願<rt>ねが</rt></ruby>いします。

男：あ、<ruby>重<rt>おも</rt></ruby>い。<ruby>何<rt>なに</rt></ruby>が<ruby>入<rt>はい</rt></ruby>っているんですか。

女：<ruby>先週<rt>せんしゅう</rt></ruby><ruby>本屋<rt>ほんや</rt></ruby>で<ruby>買<rt>か</rt></ruby>ったあれが<ruby>入<rt>はい</rt></ruby>ってるんですよ。<ruby>授業中<rt>じゅぎょうちゅう</rt></ruby><ruby>知<rt>し</rt></ruby>らない<ruby>言葉<rt>ことば</rt></ruby>を<ruby>調<rt>しら</rt></ruby>べたりするから。<ruby>厚<rt>あつ</rt></ruby>くて<ruby>重<rt>おも</rt></ruby>いでしょ。すみません。

男：いいえ。

<ruby>女<rt>おんな</rt></ruby>の<ruby>人<rt>ひと</rt></ruby>のバッグに<ruby>何<rt>なに</rt></ruby>が<ruby>入<rt>はい</rt></ruby>っていますか。

解析

・先週本屋で買ったあれが入ってるんですよ。（（手提包）裡面放著上星期在書店買的那樣東西（字典）。）

6ばん——3

 MP3 5-13

<ruby>男<rt>おとこ</rt></ruby>の<ruby>人<rt>ひと</rt></ruby>は<ruby>買<rt>か</rt></ruby>い<ruby>物<rt>もの</rt></ruby>をしています。おつりはいくらですか。

女：ありがとうございます。<ruby>全部<rt>ぜんぶ</rt></ruby>で2350<ruby>円<rt>えん</rt></ruby>です。

男：2350<ruby>円<rt>えん</rt></ruby>。じゃあ、3000<ruby>円<rt>えん</rt></ruby>でお<ruby>願<rt>ねが</rt></ruby>いします。

女：はい。650<ruby>円<rt>えん</rt></ruby>のお<ruby>返<rt>かえ</rt></ruby>しですね。どうもありがとうございました。

おつりはいくらですか。

 解析

・650円のお返しですね。（找650日圓。）

もんだい3

1ばん——3

 MP3 5-14

<ruby>友達<rt>ともだち</rt></ruby>が<ruby>具合<rt>ぐあい</rt></ruby>が<ruby>悪<rt>わる</rt></ruby>そうです。<ruby>友達<rt>ともだち</rt></ruby>に<ruby>何<rt>なん</rt></ruby>と<ruby>言<rt>い</rt></ruby>いますか。

1 お<ruby>元気<rt>げんき</rt></ruby>ですか。

2 <ruby>気<rt>き</rt></ruby>をつけて<ruby>行<rt>い</rt></ruby>ってらっしゃい。

3 どうしたんですか。

解析

1 お元気ですか。（你好嗎？和久未見面的人打招呼時用。）

2 気をつけて行ってらっしゃい。（請小心出門。）

3 どうしたんですか。（你怎麼了？）

2ばん——3

 MP3 5-15

<ruby>東京駅<rt>とうきょうえき</rt></ruby>に<ruby>行<rt>い</rt></ruby>きたいです。<ruby>電車<rt>でんしゃ</rt></ruby>が<ruby>来<rt>き</rt></ruby>ました。<ruby>何<rt>なん</rt></ruby>と<ruby>言<rt>い</rt></ruby>いますか。

1 すみません。この<ruby>電車<rt>でんしゃ</rt></ruby>、<ruby>東京駅<rt>とうきょうえき</rt></ruby>までいくらですか。

2 すみません。ここは<ruby>東京駅<rt>とうきょうえき</rt></ruby>ですか。

3 すみません。この<ruby>電車<rt>でんしゃ</rt></ruby>、<ruby>東京駅<rt>とうきょうえき</rt></ruby>へ<ruby>行<rt>い</rt></ruby>きますか。

解析

1 すみません。この電車、東京駅までいくらですか。（請問，這電車到東京車站要多少錢？）

2 すみません。ここは東京駅ですか。（請問，這裡是東京車站嗎？）

3 すみません。この電車、東京駅へ行きますか。（請問，這台電車到東京車站嗎？）

3ばん—1　MP3 5-16

ゴミの出し方を説明しています。何と言いますか。

1 月・水は燃えるゴミで、金は燃えないゴミです。

2 明日は金曜日です。

3 来週の月曜日は大阪へ行きます。

解析

1 月、水は燃えるゴミで、金は燃えないゴミです。（星期一、三可丟可燃垃圾，星期五是不可燃垃圾。）

2 明日は金曜日です。（明天是星期五。）

3 来週の月曜日は大阪へ行きます。（下星期一要去大阪。）

4ばん—2　MP3 5-17

社長に報告しなければならないことがあります。社長室に入ります。何と言いますか。

1 社長、いかがですか。

2 失礼します。

3 社長、いますか。

解析

1 社長、いかがですか。（社長，這樣可以嗎？）

2 失礼します。（打擾了。）

3 社長、いますか。（社長，你在嗎？）

5ばん—1　MP3 5-18

スーパーで買いたい物を探しています。何と言いますか。

1 すみません。チーズ、ありますか。

2 ああ、いらっしゃい。

3 どうもお世話になりました。

解析

1 すみません。チーズ、ありますか。（請問，有起司嗎？）

2 ああ、いらっしゃい。（歡迎！）

3 どうもお世話になりました。（承蒙您照顧。）

もんだい4

1ばん—3　MP3 5-19

男：お先に失礼します。

女：1 お帰りなさい。

2 聞いてください。

3 おつかれさま。

中譯

男：我先離開了。

女：1 你回來啦。

2 請聽我說。

3 辛苦了。

2ばん——2　　MP3 5-20

男：映画は始まりましたか。

女：1　はい、終わりました。

　　2　いいえ、まだです。

　　3　とてもいいです。

（中譯）

男：電影開始了嗎？

女：1　對、結束了。

　　2　不、還沒有。

　　3　非常好。

3ばん——2　　MP3 5-21

女：お茶でいいですか。

男：1　一緒に行きましょう。

　　2　はい、けっこうです。

　　3　いいえ、わたしのものです。

（中譯）

女：喝茶好嗎？

男：1　一起去吧。

　　2　嗯、好的。

　　3　不、是我的東西。

4ばん——1　　MP3 5-22

男：どうしましょう。

女：1　少し待ちましょう。

　　2　待ちましたか。

　　3　待ちました。

（中譯）

男：該怎麼辦才好呢？

女：1　再等一會兒吧。

　　2　等了嗎。

　　3　等過了。

5ばん——3　　MP3 5-23

女：静かにしなさい。

男：1　大丈夫です。

　　2　野菜が好きです。

　　3　すみません。

（中譯）

女：請安靜。

男：1　沒關係。

　　2　喜歡蔬菜。

　　3　對不起。

6ばん——3　　MP3 5-24

女：日本語はどうですか。

男：1　食べたいです。

　　2　とても危ないです。

　　3　とても難しいです。

（中譯）

女：學日語你覺得怎麼樣？

男：1　想吃。

　　2　非常危險。

　　3　非常難。

言語知識（文字・語彙）

言語知識（文法）・讀解

聽解

第6回

言語知識（文字・語彙）／ 35 問

もんだい 1

1	2	3	4	5	6	7	8	9	10	11	12
2	1	4	3	2	3	1	3	4	2	2	1

もんだい 2

13	14	15	16	17	18	19	20
4	3	3	2	4	2	1	2

もんだい 3

21	22	23	24	25	26	27	28	29	30
2	3	4	4	3	3	1	2	3	4

もんだい 4

31	32	33	34	35
1	3	3	3	2

言語知識（文法）・読解／ 32 問

もんだい 1

1	2	3	4	5	6	7	8	9	10	11	12	13	14	15	16
4	3	4	2	3	4	3	2	4	3	4	3	2	1	1	3

もんだい 2

17	18	19	20	21
4	4	2	4	4

もんだい 3

22	23	24	25	26
3	2	4	1	2

もんだい 4

27	28	29
2	4	1

もんだい 5

30	31
2	4

もんだい 6

32
2

聴解／ 24 問

もんだい 1

1	2	3	4	5	6	7
3	2	1	3	2	4	4

もんだい 2

1	2	3	4	5	6
1	4	2	1	3	3

もんだい 3

1	2	3	4	5
3	2	3	1	2

もんだい 4

1	2	3	4	5	6
2	2	3	1	2	3

言語知識（文字・語彙）

もんだい1

1 2　もういちどこのじを<ruby>調<rt>しら</rt></ruby>べてください。
請再查一遍這個字。

2 1　わたしのがっこうはえきから<ruby>近<rt>ちか</rt></ruby>いです。
我的學校離車站近。

3 4　バスの<ruby>切符<rt>きっぷ</rt></ruby>をかいました。
買了公車票。

4 3　この<ruby>言葉<rt>ことば</rt></ruby>がわかりません。
不懂這句話。

5 2　しょうらいの<ruby>夢<rt>ゆめ</rt></ruby>はなんですか。
將來的夢想是什麼呢？

6 3　このきかいはそうさが<ruby>複雑<rt>ふくざつ</rt></ruby>です。
這個機器操作複雜。

7 1　ほけんしょうを<ruby>見<rt>み</rt></ruby>せてください。
請讓我看一下保險證。

8 3　いぬを<ruby>飼<rt>か</rt></ruby>っています。
我有養狗。

9 4　<ruby>料理<rt>りょうり</rt></ruby>をつくります。
做料理（做菜）。

10 2　野菜を<ruby>切<rt>き</rt></ruby>ります。
切菜。

11 2　この<ruby>荷物<rt>にもつ</rt></ruby>は重いです。
這個行李很重。

12 1　このカレーは<ruby>辛<rt>から</rt></ruby>いです。
這咖哩很辣。

もんだい2

13 4　えいごが<ruby>下手<rt>へた</rt></ruby>です。
英語不好。

14 3　<u>コンサート</u>にいきました。
去了演唱會。

15 3　お金を<ruby>貸<rt>か</rt></ruby>します。
借錢給人。

16 2　らいげつの<ruby>六日<rt>むいか</rt></ruby>にかいしゃのともだちがきます。
下個月的六號公司的友人要來。

17 4　きょうはなん<ruby>曜日<rt>ようび</rt></ruby>ですか。
今天是星期幾啊？

18 2　あの<ruby>小<rt>ちい</rt></ruby>さいかばんはいくらですか。
那個小皮包多少錢呢？

19 1　きょうしつでてがみを<ruby>書<rt>か</rt></ruby>きます。

在教室寫信。

20 2　レストランでしょくじをします。

在餐廳用餐（吃飯）。

もんだい3

21 2　因為吃了太多的西瓜結果肚子痛。
1　變涼
2　變痛
3　變可愛
4　變熱

22 3　我正在淋浴。
1　愛
2　進去
3　淋浴
4　洗

23 4　因為天色漸漸變暗請開燈。
1　買
2　做
3　關
4　打開

24 4　因為有準備很多請再多吃一些。
1　很多（人）
2　一點點
3　不太（あまり～接否定）
4　很多（事物）

25 3　因為現在正在上課的關係、請安靜。
1　漂亮
2　熱鬧
3　安靜
4　有精神

26 3　昨晚看了恐怖的電影。
1　有趣的
2　無趣的
3　恐怖的（可怕的）
4　舊的

27 1　今天是三日，後天是五日。
1　五日
2　二十日
3　九日
4　四日

28 2　看書的時候戴眼鏡。
1　修理
2　戴（掛）
3　洗
4　關

29 3　因為現在是春天櫻花正盛開著。
1　貼
2　聽
3　開（花）
4　寫

30 4　我想吃草莓。
1　果汁
2　鞋子
3　郵票
4　草莓

もんだい4

31 **1** 那個人是伯母。

    1   那個人是爸爸的姊姊。

    2   那個人是媽媽的弟弟。

    3   那個人是爸爸的哥哥。

    4   那個人是媽媽的奶奶。

32 **3** 這個蛋糕貴又難吃。

    1   這個蛋糕貴又不硬。

    2   這個蛋糕貴又不忙。

    3   這個蛋糕貴又不好吃。

    4   這個蛋糕貴又不長。

33 **3** 考試馬上結束。

    1   考試現在結束了。

    2   考試明天開始。

    3   考試還沒結束。

    4   考試現在開始了。

34 **3** 感冒依然嚴重。

    1   感冒已經沒關係。

    2   不會感冒。

    3   感冒完全沒治好。

    4   不太會感冒。

35 **2** 那位老師很親切。

    1   那位老師很可愛。

    2   那位老師很溫柔。

    3   那位老師很囉唆。

    4   那位老師很嚴格。

言語知識（文法）・読解

もんだい1

1 4 寂寞的時候寫信給朋友。
1 （無此接續用法）
2 （無此接續用法）
3 （無此接續用法）
4 「に」表示動作的對象。

2 3 不論價格多貴還是想買。
1 （無此接續用法）
2 （無此接續用法）
3 「高い＋く＋ても」表示「即使貴」
4 （無此接續用法）

3 4 如果比現在的價格便宜就會買。
1 （無此接續用法）
2 （無此接續用法）
3 （無此接續用法）
4 「たら」表示假定通常前件成立的話後件也會跟著成立。

4 2 早上六點鐘起床接著就出去散步。
1 「それに」表示不只是而且是。
2 「そして」而且接著就。
3 「しかし」但是。
4 「でも」但是。

5 3 從我的房間望出去可以看到山。
1 （無此接續用法）
2 （無此接續用法）
3 「見えます」接續在「が」之後表示能夠看見。
4 （無此接續用法）

6 4 這裡可以吸菸嗎？
1 （無此接續用法）
2 （無此接續用法）
3 （無此接續用法）
4 「てもいいです」表示許可；「てもいいですか」表示請求許可。

7 3 天氣不好又冷而且還有好多工作要做今天好痛苦。
1 （無此接續用法）
2 （無此接續用法）「それで」表示因此／那該。
3 「それに」表示而且～
4 （無此接續用法）

8 2 A「這雙鞋有一點大耶。」
B「那麼這雙您覺得如何呢？」
1 「たくさん」表示很多（無此接續用法）
2 「ちょっと」表示稍微／有一點。
3 （無此接續用法）
4 「よく」表示經常（無此接續用法）

9 4 客人「請給我兩杯咖啡和一杯紅茶。」

　　店員「好的我知道了。」

　　1 「しつれいます」表示失禮了。

　　2 「ごちそうさまでした」我吃飽了。

　　3 「いただきます」我要開動了。

　　4 「かしこまりました」我知道了。

10 3 不知道那兩個人已經結婚了。

　　1 （無此接續用法）

　　2 （無此接續用法）

　　3 「しりませんでした」表示之前不知道。

　　4 （無此接續用法）

11 4 A「好漂亮的手錶啊你自己買的嗎？」

　　B「不是是我姊姊給我的。」

　　1 「やった／やる」表示我或我方的人給別人什麼。

　　2 「あげた／あげる」表示我或我方的人給別人什麼。

　　3 「くれた／くれる」表示別人給我或我方的人什麼。

　　4 「もらった／もらう」表示我或我方的人從別人那裏得到什麼。

12 3 不知道電腦的使用方法。

　　1 （無此接續用法）

　　2 （無此接續用法）

　　3 「使います＋方」表示～的做法／方法。

　　4 （無此接續用法）

13 2 這個 DVD 你看完之後也請借給我。

　　1 （無此接續用法）

　　2 「Ｖた＋あと」表示做完～之後再做什麼事。

　　3 （無此接續用法）

　　4 （無此接續用法）

14 1 這件衣服是用紙做的。

　　1 「で」前接名詞表示手段方法或工具。

　　2 「が」前接名詞表示主語。

　　3 「に」表示存在的位置。

　　4 「を」表示動作涉及的對象。

15 1 在小時候打棒球啦抓魚啦常常在外面玩。

　　1 「したり（做什麼）」前接動詞表示列舉兩種以上之動作。

　　2 （無此接續用法）

　　3 （無此接續用法）

　　4 （無此接續用法）

16 3 結婚之前我在大阪一家公司上班過。

　　1 （無此接續用法）

　　2 （無此接續用法）

　　3 「する＋前に」表示做～事之前。

　　4 （無此接續用法）

もんだい2

17 **4**　2　わたし　1　の　4　作った　3　歌　を聞いてください。

請聽聽我寫的歌。

解析
- 提示主語助詞的「が」可以換成「の」

18 **4**　おおぜいの　2　学生が　4　かぜで　1　がっこうを　3　休みました。

很多學生因為感冒沒來學校上課。

解析
- 「で」前接名詞表示原因

19 **2**　スーパーと　1　コンビニ　3　と　2　どちらが　4　便利ですか。

超市跟便利商店哪一個方便呢？

解析
- 「と」前接名詞表示和什麼或做比較

20 **4**　ちょっと　このレポート　4　まちがいが　2　ない　3　かどうか　1　チェックして　くださいませんか。

請你幫我檢查一下這份報告有沒有錯。

解析
- 「かどうか」表示有沒有

21 **4**　あそこに　3　「立入禁止」　1　と　4　書いて　2　あります。

在那裏寫有「禁止進入」的字。

解析
- 「と」前接主題內容表示引用

もんだい3

22 **3**

1　が（主語）
2　の（的）
3　と（表示同伴和～人）
4　を（動作目標）

23 **2**

1　「飲みます＋に＋行きます」表示去喝
2　「食べます＋に＋行きます」表示去吃
3　食べて（吃）
4　飲んで（喝）

24 **4**

1　つく　（到達）
2　つきたい（想到）
3　つかない（沒到）
4　ついた（到達了）

25 **1**

1　こんど（下次）
2　きのう（昨天）
3　そして（因此）
4　十時　（十點）

26 **2**

1　いく　　　（去）

2　いきたい　（想去）

3　たべる　　（吃）

4　あそびたい（想玩）

もんだい4

（1）

27 **2**　優子借給英子 1000 日元。

（題目中譯）哪一個敘述是正確的？

 解析

・助かりました。（非常有幫助。）

・貸します。（借出。）

・借ります。（借入。）

・恵子ちゃんからもらってください。（請向惠子拿。）

（2）

28 **4**　下個月，巴士比 JR 普通列車便宜。

（題目中譯）哪一個敘述是正確的？

 解析

・新幹線ははやくて便利だけど、お金がかかるので、バスで行きます。（新幹線雖然快又方便，但是很花錢，所以要搭巴士去。）

・夏休みだったら、JR の普通列車のほうが安くなる。（如果是暑假的話，JR 的普通列車較便宜。）

（3）

29 **1**　北京分公司

（題目中譯）伊萬諾夫先生第三個到職的分公司是哪裡？

 解析

・北京支社。（北京分公司。）

・いちばん最初（最剛開始）

・この東京支社は 4 番目になります。（東京分公司是第四個。）

もんだい5

30 **2** 因為最近常吃米飯的日本人減少了。

(題目中譯) 為什麼要用米作麵包、烏龍麵？

31 **4** 因為種米的日本人增加了。

(題目中譯) 有關日本人食用米的量減少的原因，下面哪一項是不正確的？

(大意)

　　麵包、烏龍麵通常都是用小麥製作，但現在用米作的麵包或烏龍麵很暢銷。日本人最近變得不太吃米飯，1960 年平均 1 年吃 120 公斤的米，但 3000 年降為 60 公斤。日本人現在食用許多的肉、魚、疏菜，也吃很多麵包和麵，因此吃米飯的量減少了。種稻米的農家很辛苦，希望用米作的麵包或烏龍麵能賣得很好。

解析

- 今日本では米でつくったパンや米でつくったうどんが売られています。（現在在日本用米作的麵包或烏龍麵很暢銷。）

- 日本人は米をあまり食べなくなりました。（日本人變得較少食用米飯。）

- 米を食べる量が少なくなりました。（食用米飯的量變少了。）

- 米を使ったパンやうどんがたくさん売れるといいですね。（如果用米作的麵包或烏龍麵若能賣得好就好了。）

もんだい6

32 **2** 中野老師

(題目中譯) 兩人可一起上的課是哪位老師的課？

解析

- 特別授業の予定表（特別課程預定表）

- 特別授業を受けようと思っています。（想上特別課程。）

- よるの授業を取りたいです。（想上晚上的課。）

聴解

もんだい1

1ばん──3

MP3 6-1

男の人と女の人が話しています。このあと、女の人はどうやって家に帰りますか。

男：これからどうやって帰るの？

女：電車ですよ。

男：駅から家までは？バス？

女：自転車です。この時間、もうバスはありませんよ。

男：もう遅いから、自転車は危ないんじゃない？

女：そうですね。今日はタクシーで帰ります。

このあと、女の人はどうやって家に帰りますか。

解析

・これからどうやって帰るの？
（接下來要怎麼回去？）

・もう遅いから、自転車は危ないんじゃない？（太晚了，騎自行車危險不是嗎？）

2ばん──2

MP3 6-2

学生と先生が話しています。浜田先生はいつから学校に来ますか。

女：松本先生、すみません、浜田先生は…

男：今出張で東京に行ってますよ。あさってから学校に来ます。

女：そうですか。ありがとうございました。えっと…今日は四日だから…

浜田先生はいつから学校に来ますか。

解析

・今出張で東京に行ってますよ。
（現在因為出差的關係，（人）在東京。）

・あさってから学校に来ます。
（從後天開始會來學校。）

3ばん──1　　🎧 MP3 6-3

絵について話しています。男の人の描いた絵はどれですか。

女：これは何ですか。

男：心の目で見た風景です。

女：右にある三つの三角は何ですか。

男：これはこの国の美しい自然です。

女：左にある二つの丸は何ですか。

男：太陽、そして海です。分かりましたか。

女：うーん。よくわかりません。

男の人の描いた絵はどれですか。

解析

- 心の目で見た風景です。（心裡看到的景象。）

- 右にある三つの三角は何ですか。（右邊的三個三角形是什麼？）

- これはこの国の美しい自然です。（這是這個國家美麗的大自然。）

4ばん──3　　🎧 MP3 6-4

女の人と男の人が話しています。これから、何を食べますか。

女：お昼ご飯、どうする？昨日作ったカレーがまだあるけど。

男：昨日のカレーか…。ねえ、ラーメン食べに行かない？

女：ラーメン屋さん、今日は休みよ。

男：じゃあスパゲッティーは？

女：遠くまで行くのはいやだな。そうだ、お寿司にしましょう。今日はあなたがお金を出してくれるんでしょ。

男：えっ！う、うん…。

これから、何を食べますか。

解析

- 遠くまで行くのはいやだな。（我討厭要到很遠的地方。）

- 今日はあなたがお金を出してくれるんでしょ。（今天你會幫我付錢吧！）

言語知識（文字・語彙）

言語知識（文法）・讀解

聽解

5 ばん——2　 MP3 6-5

旅行の話をしています。二人が楽しみにしているのは何ですか。

女：この写真見て。サルが温泉に入ってる！

男：冬だったら、そんなのも来るのか。

女：春だったら、お花見もできるのにね。

男：秋の紅葉もきれいだね。でも今は夏だからなあ。

女：でもこれ。春から秋まで楽しめます、だって。

男：川魚か。いいね。これは楽しみだ。

二人が楽しみにしているのは何ですか。

 解析

- 二人が楽しみにしているのは何ですか。（二人期待的是什麼？）
- サルが温泉に入ってる。（猴子在泡溫泉。）
- 冬だったら、そんなのも来るのか。（冬天的話連那些（猴子）都會來呀！）
- 春から秋まで楽しめます。（從春天到秋天都能享受它的樂趣。）
- 川魚（河裡的魚）
- これは楽しみだ。（這是令人期待的。）

6 ばん——4　 MP3 6-6

男の人と女の人が話しています。二番目に人口が多いのはどこですか。

男：日本で一番人口が多い都市は、東京ですよね。

女：そうですね。

男：じゃあ、二番目はどこですか。大阪ですか、名古屋ですか。

女：名古屋より大阪の方が人口が多いですね。でも、横浜は大阪よりも人口が多いですよ。

男：そうなんですか。

二番目に人口が多いのはどこですか。

解析

- 日本で一番人口が多い都市は、東京ですよね。（在日本人口最多的都市是東京。）
- 名古屋より大阪の方が人口が多いですね。（比起名古屋·大阪的人口較多。）

7ばん──4

 MP3 6-7

面接（めんせつ）をしています。女（おんな）の人（ひと）は何（なに）が得意（とくい）ですか。

男：車（くるま）の運転（うんてん）はできますか。

女：いいえ、できません。

男：コンピューターは使（つか）えますか。

女：使（つか）えますが、苦手（にがて）です。

男：計算（けいさん）は速（はや）いですか。

女：それもちょっと…。

男：外国語（がいこくご）はどうですか。

女：はい、アメリカの大学（だいがく）を卒業（そつぎょう）しましたので、それは大丈夫（だいじょうぶ）です。

女（おんな）の人（ひと）は何（なに）が得意（とくい）ですか。

 解析

- 面接をしています。（正在面試。）
- 計算は速いですか。（計算的速度很快嗎？）
- 外国語はどうですか。（外語方面如何呢？）

もんだい2

1ばん──1

 MP3 6-8

男（おとこ）の人（ひと）と女（おんな）の人（ひと）が話（はな）しています。男（おとこ）の人（ひと）は何（なに）を買（か）いますか。

女：いらっしゃいませ。

男：あのう、すみません。消（け）しゴムはいくらですか。

女：そちらの小（ちい）さいのは100円（えん）で、こちらの大（おお）きいのは150円（えん）です。

男：そうですか。じゃあ、大（おお）きいのを2つと、これを4本（ほん）ください。

女：はい、かしこまりました。

男（おとこ）の人（ひと）は何（なに）を買（か）いますか。

解析

- 大きいのを2つと、あれを4本ください。（請給我兩個大的跟四枝那個（鉛筆）。）

2ばん──4 🎧 MP3 6-9

男の人と女の人が話しています。男の人はどんなペットを飼っていますか。

女：わあ、かわいい。
男：部屋が狭いから、小さいほうがいいと思って。
女：そうですね。毎日散歩に連れて行ってるんですか。
男：ええ。毎日30分ぐらい。近くの公園へ連れて行っていますよ。

男の人はどんなペットを飼っていますか。

 解析

・部屋が狭いから、小さいほうがいいと思って。（因為房間很窄・所以我覺得小的（狗）比較好。）
・毎日散歩に連れて行ってるんですか。（每天都帶出去散步嗎？）

3ばん──2 🎧 MP3 6-10

男の人と女の人が話しています。女の人はどこでアルバイトをしていますか。

女：ああ、疲れた。
男：初めてのアルバイトはどうだった？
女：ずっと立って、お客さんを案内したり、料理を運んだりしていたから、疲れた。
男：そう。大変だったね。

女の人はどこでアルバイトをしていますか。

 解析

・ずっと立って、お客さんを案内したり、料理を運んだりしていたから、疲れた。（一直站著・幫客人帶位、端餐點，好累喔。）

4ばん——1

おとこ ひと おんな ひと はな
男の人と女の人が話しています。男の人
なに ちゅうもん
は何を注文しますか。

女：ああ、冷たくておいしい。

男：夏はやっぱりこれが一番だね。

女：そうね。おいしい。

男：すみません。これ、もう一杯。

女：え？3杯も飲んで、また飲むの？

おとこ ひと なに ちゅうもん
男の人は何を注文しますか。

解析

・夏はやっぱりこれが一番だね。

　（夏天還是這個（啤酒）最棒。）

・3杯も飲んで、また飲むの？（已

　經喝了三杯了，還要喝嗎？）

5ばん——3

MP3 6-12

おとこ ひと おんな ひと えい が かん まえ はな
男の人と女の人が映画館の前で話してい
いまなん じ
ます。今何時ですか。

男：有名な映画だから、見る人も多
　　いですね。

女：そうですね。何時に始まるんで
　　すか。

男：7時です。あと30分ですね。飲
　　み物を買って入りましょうか。

女：はい。

いまなん じ
今何時ですか。

解析

・有名な映画だから、見る人も多
　いですね。（因為是有名的電影，
　所以看的人很多。）

・あと30分ですね。（還有30分
　鐘。）

・飲み物を買って入りましょう
　か。（買完飲料就進去吧。）

6ばん——3

 MP3 6-13

男の人と女の人が話しています。女の人は誰と旅行に行きますか。

女：来週の月曜日から1週間ヨーロッパへ旅行に行きます。

男：ヨーロッパですか。いいですね。一人で行くんですか。

女：いいえ、妹と二人で行きます。

男：そうですか。いいですね。

女の人は誰と旅行に行きますか。

 解析

- 来週の月曜日から1週間ヨーロッパへ旅行に行きます。（從下星期一開始我要去歐洲旅行一星期。）

- 妹と二人で行きます。（和妹妹兩個人一起去。）

もんだい3

1ばん——3

MP3 6-14

これから家を出ます。何と言いますか。

1　いってらっしゃい。
2　お出かけですか。
3　いってまいります。

 解析

1 いってらっしゃい。（路上小心。）

2 お出かけですか。（您要出門嗎？）

3 いってまいります。（我要出門了。）

2ばん——2

MP3 6-15

男の人と女の人がテレビで試合を見ています。何と言いますか。

1　はい、どなたですか。
2　どちらが勝つと思いますか。
3　そろそろ終わりましょう。

解析

1 はい、どなたですか。（請問是哪位？）

2 どちらが勝つと思いますか。（你覺得哪邊會贏？）

3 そろそろ終わりましょう。（時間差不多了，該結束了。）

3ばん——3

MP3 6-16

<ruby>女<rt>おんな</rt></ruby>の<ruby>人<rt>ひと</rt></ruby>が<ruby>看護婦<rt>かんごふ</rt></ruby>さんから<ruby>薬<rt>くすり</rt></ruby>をもらいました。<ruby>何<rt>なん</rt></ruby>と<ruby>言<rt>い</rt></ruby>いますか。

1 どうしましたか。

2 <ruby>心配<rt>しんぱい</rt></ruby>しないでください。

3 <ruby>一日<rt>いちにち</rt></ruby>3<ruby>回<rt>かい</rt></ruby>、ご<ruby>飯<rt>はん</rt></ruby>を<ruby>食<rt>た</rt></ruby>べる<ruby>前<rt>まえ</rt></ruby>ですね。

解析

1 どうしましたか。（怎麼了？）

2 心配しないでください。（請不要擔心。）

3 一日3回、ご飯を食べる前ですね。（一天3次，飯前（服用）對吧？）

4ばん——1

MP3 6-17

<ruby>女<rt>おんな</rt></ruby>の<ruby>人<rt>ひと</rt></ruby>は<ruby>郵便局<rt>ゆうびんきょく</rt></ruby>で<ruby>荷物<rt>にもつ</rt></ruby>を<ruby>送<rt>おく</rt></ruby>ります。<ruby>何<rt>なん</rt></ruby>と<ruby>言<rt>い</rt></ruby>いますか。

1 すみません。これ、<ruby>船便<rt>ふなびん</rt></ruby>で<ruby>お願<rt>おねが</rt></ruby>いします。

2 すみません。これ、<ruby>持<rt>も</rt></ruby>ち<ruby>帰<rt>かえ</rt></ruby>りで<ruby>お願<rt>おねが</rt></ruby>いします。

3 すみません。これ、<ruby>明日<rt>あした</rt></ruby><ruby>お願<rt>おねが</rt></ruby>いします。

解析

1 すみません。これ、船便でお願いします。（不好意思，這個東西麻煩用海運郵寄。）

2 すみません。これ、持ち帰りでお願いします。（不好意思，這個東西要外帶。）

3 すみません。これ、明日お願いします。（不好意思，這個東西，明天麻煩你。）

言語知識（文字・語彙）

言語知識（文法）・讀解

聽解

5ばん──2 🎵 MP3 6-18

男の人は仕事が終わった同僚に話しています。何と言いますか。

1 お久しぶり。

2 お疲れさま。

3 お帰りなさい。

解析

1 お久しぶり。（好久不見。）

2 お疲れさま。（辛苦了。）

3 お帰りなさい。（你回來了阿！）

もんだい4

1ばん──2 🎵 MP3 6-19

男：だれか来ましたか。

女：1 いいえ、あまり好きではありませんでした。

2 いいえ、誰も来ませんでした。

3 友達も来ました。

中譯

男：有人來過嗎？

女：1 不、我不太喜歡。

2 不、沒人來過。

3 朋友也來了。

2ばん──2 🎵 MP3 6-20

男：誰かお弁当を持ってきますか。

女：1 田中さんが作っています。

2 田中さんです。

3 田中さんも食べたいです。

中譯

男：誰會帶便當來呢？

女：1 田中小姐正在做便當。

2 田中小姐。

3 田中小姐也想吃。

3ばん──3 🎵 MP3 6-21

男：レポートはもう書きましたか。

女：1 いいえ、書きません。

2 いいえ、けっこうです。

3 いいえ、まだです。

中譯

男：報告已經寫完了嗎？

女：1 不，不寫。

2 不，不用了。

3 不，還沒。

4ばん——1

🔊 MP3 6-22

男：あ、お金が落ちましたよ。

女：1　どうも。

　　2　財布です。

　　3　落ちませんでした。

中譯

男：啊、錢掉了喔。

女：1　謝謝。

　　2　是錢包。

　　3　沒掉。

5ばん——2

🔊 MP3 6-23

男：そろそろ失礼します。

女：1　こちらこそ。

　　2　また来てください。

　　3　はじめまして。

中譯

男：我該告辭了。

女：1　彼此彼此。

　　2　請再來。

　　3　初次見面。

6ばん——3

🔊 MP3 6-24

男：昨日、女の子が生まれました。

女：1　とても残念ですね。

　　2　いくらですか。

　　3　おめでとうございます。

中譯

男：昨天我女兒出生了。

女：1　非常的可惜呢。

　　2　多少錢呢？

　　3　恭喜恭喜。

言語知識（文字・語彙）

言語知識（文法）・讀解

聽解

解析本－新日本語能力試驗予想問題集：N5 一試合格

作者 / 賴美麗 小高裕次 方斐麗 李姵蓉

發行人 / 陳本源

執行編輯 / 張晏誠

封面設計 / 楊昭琅

出版者 / 全華圖書股份有限公司

郵政帳號 / 0100836-1 號

印刷者 / 宏懋打字印刷股份有限公司

圖書編號 / 7912401

二版一刷 / 2018 年 06 月

全華圖書 / www.chwa.com.tw

全華網路書店 Open Tech / www.opentech.com.tw

若您對書籍內容、排版印刷有任何問題，歡迎來信指導 book@chwa.com.tw

臺北總公司(北區營業處)
地址：23671 新北市土城區忠義路 21 號
電話：(02) 2262-5666
傳真：(02) 6637-3695、6637-3696

中區營業處
地址：40256 臺中市南區樹義一巷 26 號
電話：(04) 2261-8485
傳真：(04) 3600-9806

南區營業處
地址：80769 高雄市三民區應安街 12 號
電話：(07) 381-1377
傳真：(07) 862-5562